U0028589

七個孩子

加納朋子

七個孩子・目次

佐伯綾乃小姐臺鑒：

我們從何時開始不再問問題了呢？何時開始習慣了囫圇吞下別人給予的解釋、自己遇見的所有狀況，以及各式各樣的疑問呢？

謎題隨時隨地出現在我們的身邊。

就算比不上人面獅身像的深奧謎題，我們的日常生活還是充滿了簡單卻又重要的謎題，諸如蘋果為什麼掉下來、烏鴉為什麼叫，並且等著某人來為我們解答……

一……西瓜汁的眼淚

1

前陣子很流行西瓜口味的飲料。這股風潮或許沒有傳到全國各地，但至少當時在我的身邊引起了不少關注。

老實說，那東西很難喝。它確實有西瓜的味道，但是我只喝了一口就覺得清淡如水，喝了第二口，結論還是一樣。雖說西瓜的英文就是「watermelon」，但這種飲料讓我明白了「水分很多」和「清淡如水」之間有著天壤之別。

話說回來，這飲料明明打著西瓜汁的名號，罐上卻印著一行小小的「無果汁」，真是太奇妙了。它只是用香料和調味料製造出西瓜的香味，再加入淡淡的紅色。一想到這事就令我不寒而慄。

人的容貌形形色色，味覺也是各有千秋。喜歡這種味道的人還是有的，而我的朋友小愛就是其中之一。

小愛算不上是「天潢貴胄」，但朋友都視她為「校園名媛」。她是某間大公司的社長千金，出手之闊綽遠超過我們這些庶民的想像，或許是因為這樣，她的個性完全不像外表那麼溫婉嫻雅，動不動就做出一些誇張的舉止，讓所有人都跌破眼鏡。比較好聽的說法是她還沒被社會這個大染缸給汙染。

小愛具有強烈的好奇心，她對新奇或詭異的事物毫無抵抗力，只要看到貼著「新發售」標語的商品，她就會不加思索地買下。而我跟她完全相反，喜歡上什麼東西就會喜歡到底。但這種差異和後臺的實力脫不了關係，我指的是財力的差距。我想，這或許不是喜好的問題，畢竟人格的塑造過程有一部分（我不敢說全部都是）深受生長環境的影響。

因為如此，先前提到的那種西瓜汁剛出現在福利社外的自動販賣機裡，小愛就立刻買來喝了。看到她津津有味地喝著那紅色半透明的液體，我也不以為意，只覺得她本來就是這個樣子。此外，小愛每次買了什麼新東西都會大方地分給我喝，拜她所賜，讓我有幸品嘗到所有新口味的飲料。話說我明明一毛錢都沒有花，還在這裡大言不慚地評論好不好喝，其實還挺失禮的。

不用說，我至今從未自己花錢買過西瓜汁來喝，今後也不可能會買。

為什麼我要嘮嘮叨叨地扯了這些關於飲料的無聊話題呢？這是有原因的。

前陣子，我寫了生平第一封「書迷信」。

光是說出這件事就讓我覺得很害羞。我的朋友之中有人從小學時代開始寫情書給 Finger 5 的吉他手玉元晃，不是歌迷信，而是情書喔，之後又陸陸續續寫過幾十封歌迷信。她寫信的對象多半是被稱為偶像明星的那種人，如果是剛出道的新人還會很客氣地回信。難得收到回信時，她都會開心得手舞足蹈。

而我先天上文筆不好，對演藝圈又很冷感，直到現在都還沒搞懂偶像團體「光源氏」究竟有多少人，聽到「TAMA」(註1)只會想到卡通《海螺小姐》裡面的貓，最近我還因為這件事遭到朋友們的白眼，繼而引發一陣大爆笑。

這就是我。我從沒想過要寫什麼歌迷信，因為根本沒人能讓我迷戀到那種地步。

而我如今為什麼會寫這種信呢？這都是因為無意間看到的一本書。

我在書店的新書區發現了一本叫做《七個孩子》的短篇集，一開始吸引我的是它的封面。

封面畫著一位戴草帽的少年，髒汙的汗衫幾乎從他纖瘦的肩膀滑下，下襬也很不規矩地蓋在短褲外面。他手上拿著老舊的捕蟲網，上面有幾處補過的痕跡，如同長著一顆顆的瘤。腳上沒有穿鞋子。

這位奇特的少年像是盯著遠方，又像是漫無焦點地出神著。那雙異常透明的眼睛像是在發怒，又像是努力忍著淚水。他背後那片淺藍色調的悠然田園風景朝著

1 日本的民歌樂團。

地平線無限延伸。

這幅畫非常精緻，畫中的少年栩栩如生，彷彿隨時會動起來，訝異地望向我，但整幅畫卻瀰漫著一股神祕而夢幻的氣氛。

真是一幅奇妙的畫像。

（……好懷念啊。）

我沒來由地這麼想著，然後不禁偷笑。

這位少年怎麼可能令我感到懷念呢？

從出生以來，我一直住在神奈川縣和東京都之間，像是勉強攀附著神奈川縣的邊緣。剛懂事時還能看見的空地及樹林在我還沒長大時就消失了。

1、蓋房子。

2、蓋停車場。

除了這兩個選項之外，那裡的地主似乎沒想過還有其他的選擇。

我從來沒有在荒山野地捕捉過昆蟲。

我並不覺得這樣很可悲，反而還覺得理所當然。在高中的時候，我不知道在哪一堂課（大概是生物課吧）聽過這樣的話：

「你們在上學的途中有踩到泥土嗎？」

要說愕然是有些誇張了，但這個問題確實問得我措手不及。同學們或多或少也有同樣的感覺吧。

我們全班有一半以上的人（當然也包括我在內）在上學途中不會踩到泥土。畢竟附近的住家都沒有庭院，就算有，多半也是小得可憐。此外，每一條路都毫無例外地覆蓋著柏油或水泥。學校的操場也鋪滿了不知從哪裡搬來的黃色細砂，所以我們就連上體育課都沒機會接觸到泥土。

這時我們更深切地體認到，自己居住在名為「都市」的水泥叢林裡。

後來的課程似乎都在談生態系受到破壞、都市氣溫上升之類的事，所以我想應該就是生物課吧。

我既然處在被破壞的生態之頂點，理應不會對那本書封面上的少年感到懷念。

話雖如此，看著那張圖的時候，我卻覺得好像見到了幼年的朋友，甚至可以聞到少年那頂晒到褪色的草帽的味道。

我喃喃說著「既視感」這個陌生的詞彙，一邊翻開了封面。

2

正如書名《七個孩子》所示，書中收錄了七則短篇故事。和書名同名的短篇故事〈七個孩子〉是第六篇，第一篇叫做〈西瓜妖怪〉。

這個標題令我不禁莞爾。

故事發生在某個鄉下地方。光是這樣說似乎太籠統，總之這裡有連綿的山野、漂著水蜘蛛的池塘，還有和風吹拂的田地。作者以詩情畫意的筆法描繪了這片風景，讓我的腦海浮現出從未親眼見過、類似古老傳說中的國度。

主角是一位名叫「疾風」的少年，封面上畫的大概就是他吧。知道了他的名字，就像和他經過正式介紹而相識，讓我覺得挺開心的。

但是疾風不像他的名字聽起來這麼勇敢，也不強壯，他並不是缺乏運動神經，而是抓不到要領，所以老是被人批評拖拖拉拉，甚至還被取了「愛哭鬼疾風」、「膽小鬼疾風」這種羞辱的綽號。

故事的一開始，疾風被派去看守西瓜田。他家田地裡的西瓜一而再、再而三地在夜裡失竊，那些竊賊彷彿等不及西瓜長大變甜似的。家人說「反正你正在放暑假，應該很閒吧」，就把這個光榮的守衛工作交給了疾風。

這對疾風而言當然不是什麼好差事，因為整晚都不能睡覺，非常辛苦，更難承受的是恐懼。他在每年夏天的試膽大會早就聽過無數的鬼故事了。

但是疾風無法拒絕，這不是因為逞強，而是因為他很體貼，不想讓他深愛的父親感到失望。

當天晚上，他去了西瓜田裡站崗。

滿天星辰彷彿帶著惡意的嗤笑俯瞰著疾風，滿地的西瓜看起來就像一顆顆的人頭，疾風不禁感到毛骨悚然。他唯一的夥伴只有母親給他的驅蚊小陶豬。疾風像個女孩一樣抱著自己瘦弱的雙肩，在田間走來走去。他沒辦法靜靜地待著，不安從他的心底持續地湧出，他覺得除了自己和陶豬之外的一切好像都變成了妖怪。

很奇妙的是，夜漸漸地變深，他的不安和恐懼卻漸漸地變少，反而有另一種更透明的東西開始在他的心中滿盈。最後疾風不再去想自己為什麼待在這裡，也不再四處徘徊，而是像個稻草人一動也不動地站著，只用目光謹慎地掃視著田地的每個角落。

天空逐漸發白，早晨夾帶著清新寒風降臨，疾風的心中充滿了奇妙的充實感和幸福感。他忠實地完成了父親交代的工作，這令他相當滿足。

『了不起，你很努力。』

父親如同和黎明賽跑似地一大清早就來到田地，用他大大的手拍著疾風的肩膀說道。

疾風開心得簡直想要大叫，他心旌震盪、臉頰發燙，不知為何還有點想哭。
疾風跑回家裡，無比幸福地沉沉睡去。他在夢裡似乎還叫著「我不會再讓人叫我膽小鬼疾風了」。
疾風一直睡到了中午，母親這天也對他特別寬容。在疾風睡得正舒服、快要醒來的時候，他聽見了父母的對話。他們兩人把聲音壓得很低，但那細細的低語偶爾會有幾個詞彙聽起來特別清晰，就像松果在滾下山坡的途中不時撞到小石頭而跳起。
『這孩子真是的……果然還是睡著了……』
『要整晚不睡實在是……畢竟只是個孩子……』
『不過……西瓜……氣死人了……』
『小偷……多少顆……』
這些隻字片語悄悄地鑽進了疾風的夢中，父親最後說的那句話格外的清晰。
『總之這件事不要告訴疾風。』
一陣寒意爬過脖子，疾風頓時跳起來，在父母驚愕的注視之下，如他的名字一樣飛也似地跑出家門。
西瓜還是被偷了，最大最甜的西瓜還是被偷了。瓜蔓上的平整切口中流出了青綠的汁液，看在疾風的眼中，就像是西瓜的眼淚。疾風以為自己也會哭，但淚水流不出來，彷彿有個沉重的大石頭壓在他的身上。疾風不禁思索，或許那顆大石頭也壓壞了他的淚腺。

「疾風，怎麼了？臉色這麼難看。」

奶奶發現了疾風。父親回家吃飯時，就由奶奶去田裡看守。疾風搖頭回答「沒什麼」。奶奶皺起了皺紋中的眉頭，喃喃說著「奇怪的孩子」，但她沒有繼續問下去，因為有熟人過來了。

『嗨，奶奶，妳真勤勞。』

一輛老舊的小貨車停下來，司機探頭出來說道。

『已經要回去啦？你不是才剛載著一大堆蔬菜出去嗎？』

奶奶訝異地問道。

『只是去鎮上的蔬果店啦。最近很流行什麼產地直送的，聽說賣得很好喔。喔，不過這傢伙倒是賣不掉。』

司機一邊說，一邊抓住副駕駛座那個男孩的脖子。那男孩和疾風差不多年紀，他不高興地拉長了滿是雀斑的臉。

疾風跟那位少年很熟，但兩人的交情並不好。疾風放暑假之後幾乎從未見過這位因為姓菊池而被稱為菊兵衛的少年，但他絲毫不覺得遺憾。

奶奶和菊兵衛的父親熱烈地閒聊時，菊兵衛用不悅的臉色表現出嘲弄和侮辱，默默地對疾風挑釁，而疾風甚至無法轉開視線，只能靜靜地忍受著。

這段苦悶的時間終於結束了，菊池先生終於發動老牛般的引擎。隨著那噗嚕嚕嚕嚕的伴奏，菊兵衛尖銳的聲音傳來。

『嘿，膽小鬼疾風！』

小貨車揚塵而去。疾風也拔腿朝著反方向跑開。

接下來的情節有如童話故事。

疾風忘我地狂奔，在山裡發現了一棟白色建築物，那是在外國小說裡經常出現的療養院。少年在那裡遇到了一個女人。她的年齡沒有寫明，好像很年輕，當然，好像也很美麗。

好像、好像……什麼都無法確定，因為文中對她的描寫少之又少。作者似乎故意模糊了她的面貌，只說那是一位對少年微笑、溫柔地和他說話的神祕女人，所以讀者自然會把這位「菖蒲小姐」想像成一位年輕貌美的完美女性。

「菖蒲小姐」並非她的本名，疾風看到她披在清涼浴衣之外的薄衫是如菖蒲一般的絳紫色，所以偷偷給她取了這個綽號。真是個美麗的名字。

這位「菖蒲小姐」是個神奇的人物，疾風雖然怕生，卻能放心地對她傾訴一切，包括西瓜小偷的事，以及菊兵衛惡劣的嘲弄。

「菖蒲小姐」一直安靜地聽著疾風說話，聽完之後，她稍微蹙起細細的眉毛，隨即對少年露出鼓勵般的微笑，說道：

『你沒有睡著，小偷也沒有來。就算小偷來了，看到你在那裡，他一定不敢去偷西瓜。你的確守住了西瓜田。』

疾風非常驚訝，睜大眼睛盯著「菖蒲小姐」。她這麼輕易就相信了他，反而令他懷疑她只是在說笑。

（可是西瓜真的被偷了啊！）

「菖蒲小姐」彷彿聽見了疾風心中的質疑，點著頭說：

『是啊，西瓜確實被偷了……不過你一直醒著看守，沒錯吧？』

疾風點點頭。

『既然如此，西瓜一定不是在你看守的時候被偷的。證據就是西瓜的眼淚。』

疾風頓時臉頰發熱。他為自己感到羞恥。他聽不懂「菖蒲小姐」這句話的意思，但他至少知道了對方並不是在開他的玩笑。

『西瓜的眼淚？』

疾風重複地說道。「菖蒲小姐」笑著說：

『這是你自己說的，你不記得了嗎？你說過瓜蔓的切口流出汁液，看起來就像西瓜的眼淚。你看守的時間是半夜，而你看到西瓜的眼淚時都已經過了中午。』

疾風幾乎驚叫出聲。為什麼自己沒有注意到這麼明顯的事呢？

「菖蒲小姐」彷彿又看穿了他的想法，點點頭說：

『西瓜被偷的時間是在你父親發現這事的不久之前，應該接近中午了。如果西瓜是在黎明前被偷的，瓜蔓早就被夏天的大太陽晒得枯乾了。你的父母相信小偷是在半夜偷偷割走西瓜的，而你也一樣，因為誰都想不到小偷會在光天化日之下跑來偷西瓜。所以中午發現西瓜不見時，大家都認定了是在半夜被偷的，這麼一來，當然會懷疑你在看守時打瞌睡……』

「菖蒲小姐」用同情的目光看著疾風，疾風面紅耳赤地低下頭去。其實他直到剛才都還在懷疑自己，他甚至覺得他或許只是自以為看守了一整夜，其實根本是在作夢，而小偷還一邊賊笑一邊從呼呼大睡的他身上跨過。

『你應該更相信自己一點，因為你是個勇敢又堅強的孩子，你確實完成了父親指派的工作……』

「菖蒲小姐」像是在唱搖籃曲一樣地說著，用白皙纖細的手輕輕摸著疾風的頭。疾風感到心蕩神馳，一邊喃喃說著「可是……」。那隻白皙的手臂頓時停下來。

『但是，小偷怎麼可能白天來呢？爸爸一直在田裡看著……』

『你奶奶不是有去換班嗎？』

「菖蒲小姐」輕輕地摟著疾風。疾風的眼前充滿了美麗的絳紫色。「菖蒲小姐」的薄衫袖子輕柔地貼上疾風的臉頰。

『你聽好了，我接下來要說的話你可以不相信……不，請你一定要懷疑，因為除了你說的話之外，我沒有任何證據，這一切都只是我的想像。』

「菖蒲小姐」放開少年，盯著他的眼睛，如同在詢問他「知道了嗎？」。疾風點點頭，因另外的理由而紅了臉。

『……我以前在書上看過這件事。』

沉默片刻之後，「菖蒲小姐」才又說了下去。

『在一場戰爭中，有很多日本兵被敵軍俘虜，收容所裡面沒有足夠的食物，一旦被抓進去，就只能餓肚子，因此他們打算去偷敵軍的糧食。在糧倉工作的人出來時當然要嚴格搜身，奇怪的是，膽小的人即使只偷了小小的罐頭也會被發現，因為他們明顯表現出畏畏縮縮的模樣，但是膽大的人無論偷了再多東西，塞到衣服都鼓起來，也不會被發現。』

「菖蒲小姐」說到這裡便停了下來，像是在等疾風說些什麼。但少年只是保持沉默，所以她又繼續說：

『……菊兵衛的父親經常載蔬菜去鎮上。開著小貨車。你說你奶奶問了他「不是才剛載著一大堆蔬菜出去嗎」，可知當時他一定也停車下來和你奶奶聊天，那麼，菊兵衛當時在做什麼呢？』

「菖蒲小姐」說出這句話時，表情看起來很難受。難道她身體不舒服嗎？疾風只顧著擔心她，一時之間沒辦法消化那段話。

『我完全可以想像當時的情況，就像親眼目睹一樣清晰。菊兵衛趁著父親和你奶奶聊得正開心時，偷偷打開另一邊的車門，走到田地，從口袋裡拿出折疊刀之類的東西，切斷西瓜的藤蔓，把西瓜丟進車斗——車斗裡已經堆滿蔬菜，所以多了一顆西瓜也不會惹人起疑——然後他只要若無其事等大人們聊完就行了。這是個天衣無縫的計畫，因為你奶奶正忙著聊天，就算不經意地望向那邊，也會被貨車擋住。』

疾風乾嚥著口水。

『可是之後……』

他想說菊兵衛的父親之後鐵定會發現的。

『是啊。』

「菖蒲小姐」表情悲傷地點頭。

『叫菊兵衛去偷西瓜的就是他的父親。』

『怎麼可能？父親絕對不會叫兒子去作賊的！』

疾風激動地喊道。這種事他想都不願意去想，即使對方是他最討厭的菊兵衛也一樣。「菖蒲小姐」這段話帶給他的衝擊遠超乎他自己的想像。少年就像個撒潑的幼兒，一再大喊「不會的不會的」。

『你真是個好孩子。』

白皙的手掌又溫柔地摸摸疾風的頭。

『你的父母把你教得很正直。』

她寵愛地、溫柔地說道。

『的確，西瓜是誰偷的並不重要，重要的是今後不能再讓任何人來偷西瓜。』

『那我白天也去看守吧。』

這話一說出口，疾風才發現自己已經相信了「菖蒲小姐」的猜測。

『這倒是不必……』

「菖蒲小姐」想了一下，然後露出了惡作劇般的戲謔表情。

『還有更好的辦法。你可以把家裡的西瓜標上記號，如果做了記號的西瓜出現在鎮上的蔬果店，一眼就可以看出來了。』

『記號……？』

『至於要做什麼記號，你自己決定就好了。』

「菖蒲小姐」說完便露出微笑。

當天夜裡，田裡出現了幾十個朝著月亮齜牙咧嘴的「西瓜妖怪」。少年疾風提著一桶墨汁，在一顆顆的西瓜上面畫了像是萬聖節南瓜的鬼臉。那些西瓜怒目圓睜，露出滿口尖牙，但又有點可笑地躺在月夜下的田地。少年像個小妖，提著水桶在西瓜之間走著。

這真是一幅超現實的景象。

後來少年鐵定挨罵了，而那些「西瓜妖怪」究竟有沒有被拿去賣呢？說不定反而因為新奇而賣得特別好呢。故事沒有繼續往下寫，所以結局只能由讀者自己想像。

不管怎麼說，他們家的田地一定沒再遭過小偷。

3

我把書本慢慢翻到背面，看看價格。

沒問題，這種價位就連我乾枯的錢包也付得起。衡量過後，我便走向櫃檯。

我平時很少在衝動之下購物，而且依照我的原則，在書店只能買文庫本，昂貴的精裝本不是去圖書館借就是去舊書攤買。可是，此時我卻不顧一切地想要買下這本《七個孩子》。看來我是對這本書一見鍾情了。

如同在邂逅的瞬間陷入熱戀。

我才活了將近二十個年頭，但我迷戀過各式各樣的書本。我相信這種著迷的心情是假不了的。但是，我現在越來越不喜歡「愛讀書的自己」。總是抱著內容艱澀的書本、自以為文青的自己。我不禁懷疑，自己是不是藉著這種方式來滿足虛榮心。

或許是由於這份厭惡，我進了短大之後就比較少看書了。我不再「為了看書而看書」，讀書時也更覺得愉快了。

此外，我的閱讀喜好也改變了，我沒來由地開始重溫小時候看過的書，像是《小熊維尼》、《小王子》、《銀河鐵道之夜》之類的……

似乎有什麼東西在我的意識底下開始騷動。

就在此時，我遇見了這本書。

我決定寫書迷信。

一讀完《七個孩子》，我的心中就冒出了這個念頭。「書迷信」一詞聽起來有點輕浮，給人一種類似膚淺追星族的印象，但我想不出還能換成什麼用詞。總之，我深深渴望著和寫出這個故事的佐伯綾乃直接對話，而最快的方法就是寫信。

『佐伯綾乃小姐臺鑒』。

信中第一句話是這麼寫的。我想了很久該用什麼敬稱，因為叫「老師」讓我莫名地感到害羞。我又繼續寫下去……

我們從何時開始不再問問題了呢？何時開始習慣了囫圇吞下別人給予的解釋、自己遇見的所有狀況，以及各式各樣的疑問呢？

謎題隨時隨地出現在我們的身邊。

就算比不上人面獅身像的深奧謎題，我們的日常生活還是充滿了簡單卻又重要的謎題，諸如蘋果為什麼掉下來、烏鴉為什麼叫，並且等著某人來為我們解答。

您一定搞不懂這封信究竟想說什麼吧？

今天我讀了您的大作《七個孩子》。雖然我沒有像您那麼好的文筆，但我很想和您分享我的讀後心得，所以才寫了這封信。

這本書非常好看，只想得到這種平凡的說法真是抱歉。一拿起這本書，我就有一種懷念的感覺，直到看完整本書，這種奇妙的感覺都一直縈繞在我的心中。或許該說是鄉愁吧。我想這一定是拜您的描繪技巧所賜，我可以清楚想像出疾風居住的田野風光，就像是回憶自己小時候居住的故鄉一樣。我甚至可以感覺到風的吹拂，還能聞到泥土和青草的味道。

這真是不可思議，我從出生到現在從來沒在鄉下住過，在我居住的地方所有地面都覆蓋著水泥和柏油，身邊圍繞的全是塑膠製品和鋁製品，光化學煙霧還會不時跑來湊一腳。孩子們都相信百貨公司有在賣獨角仙和鍬形蟲，更可悲的是，這真的是事實。

話說回來，其實我很喜歡都市生活，也很享受都市的便利。包括我在內，大多數的都市居民都不願意再回頭去過五十年前的生活。我明知如此，心底深處卻更加無法自拔地嚮往著田間小道、水邊的螢火蟲，以及豔紅的彼岸花。我會被您的作品深深吸引，這也是其中一個理由。

當然，除此之外還有其他的理由。我的心中有個疑問，不知道您將這部作品的讀者群預設為哪些人？

我之所以這麼問，是因為這故事乍看之下充滿了童話般的情節，但隨處都可以看到孩子無法理解（甚至是不願意理解）的字句。而且，故事的發展看似走向幻想風格，最後卻在近乎殘酷的現實之中結束。我看了以後不禁懷疑幻想風格只是用來包裹殘酷現實的糖衣，不時可以從夢幻的氣氛之中瞥見其他內容物。而少年確實在這嚴苛的現實之中得到成長，這成長的過程也讓少年充滿了迷人的生命力。

還有另一位主角——「菖蒲小姐」。

為少年身邊那些細微而離奇的事件提供明確解答的這位女性，似乎比她所解開的謎題更加離奇。由於「菖蒲小姐」這個角色的緣故，您的作品增添了一份解謎小說、推理小說的趣味，也（離奇地）增添了一絲幻想風格。這位女性究竟是何方神聖？

我想，或許有些謎題是不應該解開的吧。

請容我換個話題。第一篇的〈西瓜妖怪〉讓我想起了一件事，那神祕的懸案在我的身邊引發了一陣騷動。

冒昧地問一句，您知道最近新上市的西瓜汁嗎？

果汁的事在開頭時已經寫過，這裡就不再重複了。我要說的「西瓜汁懸案」是在幾個月前的某個早晨，我睡眼惺忪走出家門時發生的事。那天我比平時更早出門。因為第一節次就有課，而第四節次要參加專題研討，所以我很勤奮地打算先去學校的圖書館查些資料。

我平時上學的打扮都是簡單的T恤牛仔褲，這天卻穿了新買的薄荷綠連身裙。若是在可以容納上百人的大教室裡，沒人會注意到我的穿著，以我這種大刺刺的個性當然不會太注重打扮。但是參加專題研討就不一樣了，因為小組成員不到十人，每個人都會被放大檢視，因此我不太想穿得太邋遢，這就是女人心啊。事實上，那個小組的成員也都打扮得挺時髦。

女人這種生物只要盛裝打扮（或者相信自己是盛裝打扮），心情就會變得特別好。我站在玄關的鏡子前打量著自己全身上下……

（呵呵，我穿上這種衣服看起來也挺像有錢人家的大小姐嘛。）

我志得意滿的想著。但是這份好心情只維持到母親飽含睏意的聲音從背後傳來為止。

「順便把廚房裡的廚餘拿出去倒喔！」

子女幫忙做家事是天經地義，但我還是懷著難堪的心情走出家門。我手臂平伸，盡可能地讓那袋廚餘遠離我的連身裙。這姿勢從後面看起來一定很可笑，有如斷了一隻手的平衡娃娃。維持著這種不自然的姿勢，我感覺去垃圾場的路變得格外遙遠。好不容易到垃圾場，放下沉重的廚餘後，我的手臂都僵硬了。才一大清早，怎麼會有這麼多垃圾啊？看來規矩真的都是用來破壞的，不管再怎麼禁止，還是有很多人在半夜偷偷拿垃圾出來丟。

拋下廚餘之後，我的心情又開始好轉，做了一下深呼吸。早起就是這麼神清氣爽，不過我也只是偶爾為之才說得出這種感想。這時不知從哪萌生出一股鬥志……

（好，要加油！）

這股鬥志來得毫無脈絡。此時，我發現前方有條人影走來。

（咦？）那人不知怎地給人一種很突兀的印象。

那是個年約三十歲左右的女人，穿著腰部束起的橘色襯衫，妝容看起來挺凶的，一頭捲曲的長髮披垂在背後，金色的大耳環被早晨的陽光照得閃閃發光。光是這些還稱不上怪異，除了她在大清早走向車站的反方向。不過……

喀啦喀啦喀啦……清脆的聲音逐漸接近，這聲音來自她推著的嬰兒車。

我實在想不通，怎麼會有人一大早打扮得這麼花枝招展，推著嬰兒走向住宅區。

在好奇心的驅使下，我忍不住無禮地盯著她看。擦身而過的瞬間，我們四目相交，那女人像是很厭煩地轉開了視線。

早晨的思路既散漫又雜亂。我漫不經心地想起了這天專題要報告的內容。

我專題研究的題目是正岡子規。四月份分配小組題目的時候，我覺得好失望，因為我沒有拿到最想要的兒童文學。其實研究子規也沒什麼不好的，可是後來聽到兒童文學的主題是宮澤賢治，更令我感到扼腕。

而且那天我分配到的是……

老翁老婦，齊跳盂蘭舞，疏影橫斜此彼處，斗轉星移月暮。

包括這首在內的四首短歌。其他幾首也都是在寫亡靈或已故親友，組員們看了都忍不住抱怨怎麼全是這種的，「感覺好可怕，一點都不美」，子規聽到了一定會很不高興。

不過我們還算好的，有些小組甚至拿到「恐怖的中國殺戮文學」或是腥羶黑暗又爾虞我詐的「後深草院二條自傳」之類的題目，那才真的是哀鴻遍野。

「跟他們比起來，我們已經很幸運了。」

真是越想越鬱悶。

此時我的腳步赫然停止。或許我早就看到了，但是一直心不在焉，所以到現在才注意到地上那排紅豔豔的、斷斷續續的「血跡」。

（咿呀啊！）

我在心底發出丟臉的尖叫。那一滴滴的鮮紅液體還沒完全乾掉，每滴之間大約相隔一公尺，看起來就像柏油路的縫隙之間滲出了地球的體液。我回頭望去，相同的液體一路延伸到看不見的地方。

照這樣發展下去，等在最後的會是什麼結局呢？我的腦海裡掠過了一行粗體字：「大清早驚見慘死屍體」。

抬頭一看，前方有個穿得像上班族的大叔，他一邊走一邊驚恐地看著地面。無論未來有什麼在等著，我很慶幸自己至少不會成為第一發現者。

我鬆了一口氣，看看周圍，發現又有其他人注意到這件怪事了。這條路是商店街，隨處都可以看見像是商家老闆的人露出驚訝和害怕的表情，和鄰居三三兩兩地湊在一起竊竊私語。

「那到底是什麼東西？感覺真可怕。」

吉田動物醫院的院長一邊說，一邊拉著水管清洗自家門前的汙漬。說是醫院，其實只是私人經營的小診所，除了院長以外，只有兼任護士工作的院長太太。

「最近真是不平安，可別發生什麼壞事才好。」

在一旁附和的是隔壁足立玻璃行的老闆。這間店和動物醫院一樣，是老闆和兒子媳婦共同經營的家族企業。這附近的店家多半都是這樣。

「早安。」

我對兩人問好。我家以前是足立玻璃行的大客戶，理由很簡單，因為我家前方有一片小小的空地。那塊地如今已經蓋了停車場，所以也看不到調皮孩子們在那裡玩投接球了。

我是最近才認識吉田院長的，理由和我的朋友小愛有關。我和小愛是進短大以後才認識的，她家和我家距離大約二十分鐘左右的路程，說近不近，說遠也不遠。不過我們兩家之間確實有著無法用公尺或公里來衡量的距離，那種距離的單位是「日圓」。

被我稱為「大宅」的小愛家裡住了艾迪、小愛的雙親、小愛、小愛的弟弟。艾迪是艾德華的暱稱。大家聽到這個名字，大概會覺得是個金髮碧眼的外籍寄宿生吧。坦白說，我第一次聽到小愛提起「艾迪」就是這麼想的。

所以我去小愛家裡玩，看到暱稱艾迪的艾德華的真面目之後，真是大失所望。

我一進門，「艾迪」就拖著一身長毛、流著口水朝我撲來。那是一隻小型西洋犬，好像還是擁有血統證明書、身價不菲的名犬。

我因為衣服被弄髒，在心中默默地罵著「臭狗！」，走進小愛的家。

「唉，這隻狗真沒用，又笨又不會叫，根本不能當看門狗。」小愛很不客氣地說道。

「但是我爸非常寵牠。」她吐著舌，又加上這一句。剛才介紹過小愛的家庭成員，介紹的順序等於每位成員在家中的地位排名。

好啦，在我和艾迪不甚愉快的初次會面之後不久，我就陪著小愛帶牠去看「固定去看的醫生」。艾迪好像得了輕微的感冒，所以小愛的爸爸吩咐她「立刻帶艾迪去動物醫院」。

「牠真是好命，就連身為人類的我都沒有丰治醫生呢。」

我一邊提著發出汪汪聲的藤編狗籠，一邊很不平衡地抱怨。

「哎呀，我還不是一樣。」提著另一邊提把的小愛答道。「我爸連我去看哪裡的牙醫都不知道，但他一講到艾迪就像變了個人。吉田先生人挺不錯的，他太太也很親切，不過我爸愛屋及烏的程度真的很誇張，他甚至幫吉田先生的小舅子——就是太太的弟弟——安排工作呢。」

「哇塞，真是不得了。」

「他明年就會到我爸的公司上班。最近他來我家拜訪過，看起來是個有為青年，興趣是摩托車，他還意氣風發地說他準備考汽車駕照呢。」

小愛笑嘻嘻說著。

「是妳喜歡的那型嗎？」

「算是吧。」

我們相視而笑。談到感情方面的事，我和她都只是光說不練、言出不行的晚熟一族。

「……原來是這樣啊。」

我大大地點頭。

「什麼？」

「與其閉門苦讀，還不如去妳家摸摸艾迪的頭更有助於求職呢。」

「別鬧了。」

小愛甩了一下手上的狗籠，裡面的艾迪汪汪地叫了起來。

以上就是我和吉田先生認識的經過。說是認識，其實我跟他只見過一次，所以我向他打招呼時心想他一定不記得我了。

「喔喔，妳是前陣子來過的那位啊。早安。」

結果他竟然記得我，還客氣地向我打招呼。足立先生也笑開了滿是皺紋的臉，向我問候：

「哎呀，我還以為是哪家的千金小姐呢。一陣子不見，妳都長這麼大了。」

我有點感動，回答「是啊，早安」。

此時醫院的後門打開了，一顆黃色的腦袋瓜探了出來。那是個戴著小學一年級的帽子、留著妹妹頭的可愛女孩。

「爸爸，我可以吃布丁嗎？」

「好啊，去吃吧。」

吉田先生用憐愛的語氣回答，黃色的帽子立刻縮回屋內。

「由香很喜歡那頂帽子，在家裡也一直戴著，講都講不聽。」

吉田先生不知道是在對誰解釋。

「獨生女怎麼可能不寵嘛。」足立先生笑著說。「管教的責任交給媽媽就好了。」

「真沒辦法。」

吉田先生也不好意思地笑了。

我向他們點頭致意，然後繼續往前走。我本來已經忘了那件事，此時又注意到血跡依然以相同的間距朝著前方延伸。我覺得自己像是刑警在跟蹤嫌犯。話說我都已經走十幾分鐘了，這出血量未免太多了吧？不知道究竟是誰的血，真慘。

又走了一段路，血跡在路口向左延伸，和車站剛好是反方向，讓我猶豫了一下。沒必要繼續跟下去，就算有什麼發現，想必也不會是好事。我決定放棄，轉身朝車站走去。

這時我聽見後面有人說話。

「哎呀！好可怕，這是血嗎？」

「怎麼可能嘛。傻瓜，那不是血啦，是這個玩意兒。」

「什麼嘛，原來是果汁。」

接著傳來「哐」的一聲，有個東西飛到我的腳邊，大概是後方那兩個女孩的其中一人踢過來的。那是「西瓜汁」的空罐，上面還印著一顆漫畫風格的西瓜。

那些液體怎麼想都不可能是果汁，更不可能是西瓜汁。我一邊想著，一邊走向學校。午休時間，小愛又津津有味地喝著西瓜汁，也照例分給我喝，這次我卻拒絕了。

「怎麼了，小駒？難得妳會拒絕。」

小愛驚訝地問道，我就把早上發生的事告訴她。

「討厭，人家正在喝西瓜汁耶。」

她一聽便皺起了臉，但還是一滴不剩地喝光整罐果汁。然後她用一副稀鬆平常的口吻說：

「在我家附近也有看到。」

「哇塞，滴了那麼遠？」

也就是說，真凶（還是受害者？）流了二十分鐘以上的血，走了將近兩公里。

「這年頭大量出血也死不了人嗎……」

「誰知道，反正我家附近沒有發現屍體就是了。」

外表溫婉的小愛漫不在乎說出了冷酷的發言。

「說不定那個根本不是血。對了，跟妳說一件更嚴重的事，我家的艾迪昨天失蹤了。」

「咦？艾迪失蹤了？怎麼會呢？」

「真的很奇怪，繫好的鍊子鬆脫了，門也開著一條縫。後來我發現弟弟的態度怪怪的，私下跑去問他，他才說出是他放走的。大概是因為上次被艾迪咬了，所以他懷恨在心。」

「那妳爸不是會很難過嗎？」

「他真的很傷心，我猜就算是親生女兒被綁架了他也不會這麼傷心。其實我還誇獎了弟弟，跟他說『幹得好』。」

「你們姊弟倆真是的……」

「我跟那隻狗也有一些過節嘛。」

小愛燦然一笑。

回家以後，媽媽立刻興奮地找我說話，談的又是血跡那件事。對我們這些過著平凡生活的小市民而言，這種話題可不是天天都能聽到的。

「該不會是凶殺案吧？」

媽媽說著她鐵定已經和鄰居太太聊過十次的話。

「今天上午十點左右還來了一輛警車呢，警察用擴音器喊著『如果發現附近有受傷的人，請立刻通知警方』。」

「喔？結果找到了嗎？」

「不知道，後來警車就沒再來了。」

我翻開晚報。

「哎呀，這個！」

我突然叫道。

「怎麼了？」

「早上的事情報出來了。妳看。」

報紙上刊登了這則報導：

……某日上午八點十分，一位上班族在通勤途中發現從S市幸町〇丁目至境町╳丁目大約兩公里的距離之間散布著血跡，之後便通知了S警署。警方認為是傷害案件，立即展開調查，後來居住在境町◎丁目的學生A主動通報，說自己「喝了酒之後在回家的途中跌倒，手臂被玻璃割傷」。雖然出血量很大，但傷勢不嚴重，兩週內就能痊癒。

這則報導只有一小欄，若非區域性報紙可能還不會刊出來。

「搞什麼，結果只是醉漢受傷啊。」

媽媽的語氣聽起來似乎很遺憾。

當晚小愛打電話來的時候，我也聊到了這件事。她像鴿子一樣咕咕地笑了，然後說道：
「我家訂的報紙沒有報導這件事耶。」
我問她家訂的是什麼報紙，她說是朝日。
「朝日新聞當然不會刊登這種小區域消息，我家訂的是神奈川新聞。」
小愛回答「這樣啊」，然後像是突然想起似地說：
「其實我知道那個學生A是誰。」
我大感意外。
「是誰啊？」
這話引起了我的好奇心。小愛嘻嘻地笑著說：
「是吉田先生太太的弟弟。妳知道吧，就是動物醫院的……」
「喔！有為青年？」
「是啊，就是那位有為青年。我在路上看到他牽著摩托車，就向他打招呼，他看起來很緊張的樣子，手上還包著繃帶，所以我問他『怎麼了？』，他回答我『這事有點丟臉』。」
「然後呢？」
「沒有然後了。」
小愛又在電話的另一端嘻嘻地笑了起來。

「艾迪呢？還沒回家嗎？」

「那隻笨狗如果回得來的話就會回來吧，我想牠可能是迷路了。」

「不會像《叢林赤子心》或《靈犬萊西》那樣自己跑回來嗎？」

「牠大概沒辦法吧。」

「真可憐。」

「就是說啊。」

小愛這句話倒是說得有些感傷。

後來那些血跡依然執著地留在原地很久，但是下過兩、三場雨之後終於被洗得一乾二淨，沒有留下半點痕跡。

發生在日常生活中的謎題大概就是這麼回事吧。

我把這樁「西瓜汁懸案」寫在要給綾乃小姐的信裡，等我發現的時候，這封信已經長到讓我不好意思寄出去了。雖然我覺得好像不該寫這麼多無關的事，最後還是想著「算了，隨便啦」，把信裝入信封。如果再從頭讀一次，我一定會害羞到不敢寄出去。書迷信和情書都是靠著一股衝動而寄出去的。

我把信拿去郵局秤重，因為我不知道對方的地址，只能寄到出版社。心中莫名地雀躍。我在這個時候根本沒想過會收到回信。

但是……

4

敬覆者：

我很愉快地讀完了您的信。沒想到我那麼不成熟的作品竟然有人讀得這麼認真，我真心感到萬分榮幸。在寫這本書的期間，我不停地質疑自己的寫作才能，有您這樣的讀者真的給了我很大的鼓勵。

您在信中提到一件很有意思的事——您稱之為「西瓜汁懸案」。這件事在信中已經寫出了結局，但請原諒我身為作家的壞習慣，容我對此事發揮一些無聊的想像力吧。

我在您的敘述裡發現了幾個疑點。如果我說第一點就是「西瓜汁」，您一定會很訝異吧。我非常在意您看到的空罐，以及當時在您背後的兩個女孩的對話。

在熟悉的路上發現異狀時，您立刻判斷那個異狀的真面目是「血跡」。這個想法倒是沒錯。

而那兩個女孩卻是一副若無其事的態度，說那東西「不過就是西瓜汁」，您的朋友似乎也是這麼認為的。

為什麼會有這種差別呢？是因為她們不清楚血是什麼樣子嗎？

由於她們是「女性」，所以我否定了這種可能性，您應該明白我這句話的意思吧。從這個脈絡推論下去，會出現幾項「可能的情形」。

為了避免混淆，我姑且將您看到的血跡稱為A，將那兩位女孩見到的東西稱為B。

1、B真的是果汁。

2、B或許是血，但是和A看起來不一樣。

我想到的是這兩個可能性。無論答案是哪一個，B和A都是不同的東西。接著再分別探討。關於第一點，很明顯，無論B是什麼東西，都絕對不可能是果汁。正如您先前提過的，「西瓜汁」這種飲料的顏色很像真正的西瓜汁，而且幾乎透明，倒在柏油路上不可能看得出來是紅色的。

所以答案一定是第二點。

那麼，有什麼情況能滿足第二點的條件呢？

（1）B是血，但已經乾了。也就是說B出現的時間比A久。

（2）B不是血也不是果汁，而是其他液體，或是人類以外的生物的血。

說到這裡，您一定猜到我想說的是什麼了吧？您沒有看到的B液體應該符合這兩種情況的其中一種，或者二者皆是。

第二個疑點是那位受傷學生的行動。

為什麼他流了那麼多的血，卻不去姊姊和姊夫經營的醫院呢？雖說那裡是動物醫院，應該還是有辦法做些消毒包紮之類的急救措施。就算他已經喝到爛醉，從一般人的心態來看，他的行動還是很不合理。

此外還有一個細節，那就是您朋友家的狗。您在信中說「寫了這麼多無關的事」，其中也包括艾迪的事吧。不過，您真的認為那是「無關的事」嗎？您會寫出那句閒聊般的結語，會不會是已經隱約意識到兩件事的關聯，卻硬是說服自己無關呢？

其實您早就猜到柏油路上的「西瓜汁的眼淚」到底是什麼東西了吧？

所有的關鍵都湊齊了。簡直是完善過頭。

這些敘述凸顯了幾個細微的問題。

為什麼那位「有為青年」受了傷卻不處理，而是匆匆忙忙地跑回自己家？既然他那麼急著回家，又為什麼要繞遠路？為什麼隔天他會在路上「牽著」摩托車？

最後一點，為什麼艾迪沒有回家？

或許有一個故事可以圓滿地解釋所有的「為什麼」。就像這樣：

深受寵愛的純種名犬有一天意外獲得了自由。沒人知道牠對此作何感想，就算問了也沒用，因為牠被解放不久之後就被摩托車撞死了。

肇事者盡了最大的努力閃避，結果摩托車摔倒，狗也躺在地上不動了。在他想得到的處理方法之中，棄之不理絕對是最簡單、最有吸引力的選項，反正他撞死的又不是人。

但狗也是一條生命，他無法撒手不管，因為他太善良了。他把摔到故障的摩托車停在附近，抱著狗跑去姊夫的醫院。

他們在醫院裡做了什麼處置不得而知，從出血量來看，那隻狗很可能已經當場死亡。吉田夫婦看到狗的時候一定嚇壞了，因為弟弟能去大公司上班都是託了這隻狗的福，如果那位大老闆發現自己的狗被撞死了，還會遵守約定讓這個人去自己的公司上班嗎？怎麼想都不可能吧。但是，如果這三人隱瞞狗被撞死的事，就能換來一個人的大好前途。

這麼一來，他們必須面對一個嚴重的問題，那就是血跡。有一隻狗失蹤了，路上出現血跡，而且一路滴到動物醫院。看到這些事，就算是再缺乏想像力的人也能推測出是怎麼回事。

三人想出了一條計謀，那就是故意弄傷青年的手，讓血一路滴回他家，然後洗去醫院門前的血跡。

他們用人類的血來交換一條狗的生命，這個代價不知該說是昂貴還是廉價。當然，青年真正想交換的其實是自己的未來，他一定覺得狗的生命不如自己的人生來得重要吧。

誰都沒有權利譴責他們。

最後再附帶一提。

您在信中聊到了日本的現狀，我非常有同感。現在日本的都市幾乎都看不到泥土了，過著平凡生活的老百姓能接觸到「私人的泥土地」的機會越來越少，大部分的人家裡連鏟子都沒有。

您明白我要說的是什麼了嗎？

那些人解決了血跡的問題之後，最煩惱的一定是要如何處置艾迪的屍體吧。若是在古早時代，只要在院子裡挖個洞埋起來就好了，但是他們沒有院子，而公園裡人來人往的，也不可能大剌剌地在那邊挖洞，若是要燒掉，附近也沒有那麼大的焚化爐。

所以他們選擇了最簡單的辦法。

女性變裝比男性容易多了。要說變身也可以。女性只要換個髮型、服裝、化妝，就能讓自己看起來像另一個人。即使是再樸素的女人，首飾盒裡都會有一兩件華麗到不適合自己的飾品，說不定是別人送的，也有可能是自己買的，只是一直不敢拿出來穿戴。

請您回想一下當天早上看見的女人。如果束起她的一頭捲髮，拿掉閃亮亮的耳環，卸了妝，套裝換成白衣，看起來會像誰呢？

這個假設當然沒辦法求證。不過那個女人的打扮和舉止確實都很異常。

當天清早，吉田醫生的太太在哪裡呢？

您說他們的獨生女由香跑到門口問父親可不可以吃布丁。孩子要討東西吃的時候通常會找母親，但她並沒有去問母親。就算她想問也沒辦法，因為母親當時不在家。

據我所知，母親帶著嬰兒時絕對不會戴耳環，也不會披散著頭髮，因為嬰兒的習性是看見東西就抓，所以戴著首飾會很危險。

我們可以合理推測，那位一大清早推著嬰兒車的女性就是由香的母親。她也曾經帶過嬰兒，那輛嬰兒車多半是由香幾年前用過的。

嬰兒車裡面載的是什麼呢？

她一大早去您家附近做什麼呢？

只要想想當天是「回收廚餘的日子」就知道答案了。她這樣鬼鬼祟祟的，一定是害怕被人發現她去了垃圾場吧。

二……摩艾之鼠

1

「炒芝麻～這邊這邊～」

阿蛋在忠犬八公像的鼻尖前揮著帽子。

初夏時分的車站湧出岩漿般的人潮，我在人流的沖刷之下來到忠犬八公像前，如切條的寒天凍一樣軟弱地睜大眼睛四處張望。

這個相約地點就算是客套也說不上有創意。我不禁擔憂起來，心想「搞不好永遠都找不到人」，還好最後發現這只是我的多慮。

我把慣用的大包包緊抱在懷裡免得被人撞到，慢慢穿越人潮，看見阿蛋悠然地站在忠犬像前方。

「好久不見，炒芝麻。怎樣，最近好嗎？」

阿蛋戴好帽子，開朗地問道。

「不要在大庭廣眾之下這樣叫我。我還以為進了短大就能擺脫那個綽號呢。」

我明明很開心，卻鼓著臉頰發出抗議。這當然不是真心話，只是看到好朋友就忍不住想逗她一下。這算是我的怪癖吧。

我的名字叫入江駒子。媽媽會給我取這個名字是因為讀了川端康成的《雪國》，她說「內容先不管，總之我很喜歡女主角的名字」。這名字很有意境又很可愛，我還挺喜歡的。

國小的時候，我會喜孜孜地跟人說「我的名字駒子正著讀是komako，反著讀也是komako」，聽起來就像某牌海苔的廣告詞，而「入江」（Irie）這個姓反著讀就變成「愛莉」（Eiri），一聽就會讓人想到藍眼睛的可愛小女孩，所以我會很驕傲地對人說我叫「愛莉komako」，好像什麼藝名似的，朋友們聽到我這種無聊的炫耀還會露出崇拜的表情。如今看來，我的童年時代過得還真輕鬆。

升上高中之後，這個駒字（koma）不知為何被加上濁音變成「芝麻」（goma），不用多久就自然而然地和入江（Irie）這個姓氏結合起來，成了「炒芝麻」（Irigoma）。

順帶一提，「阿蛋」也不是這位好友的本名。她的名字是紀美子，而紀美（kimi）和蛋黃同音，所以才被取了阿蛋這個綽號。但她一點都不像雞蛋，她膚色黝黑，而且體型纖瘦，沒有一絲贅肉。她還會開玩笑地說自己是有機蛋，但我知道她其實很渴望擁有晶瑩剔透的白皙肌膚。

睽違已久的阿蛋還是和以前一樣像個小男生，寬簷丹寧帽底下的臉孔露齒而笑。

「妳一點都沒變呢。」
「我哪裡沒變啊？」
我像是拗脾氣地回答。
「還是一樣搞笑。好了，我們快離開這個鬧哄哄的地方吧。」
「假日的澀谷哪裡不是鬧哄哄的啊？」
「那妳就繼續待在這裡吧，還可以騎在忠犬像上。」
阿蛋冷淡地說完就跨著大步走開，我撒嬌地叫著「哎呀，等一下啦」，急忙跟上去。
「嘿，那間畫廊在哪兒邊呀？」
追上阿蛋之後，我怪腔怪調地問道。
「在那兒邊。」
阿蛋經過了通往井之頭站的樓梯，一邊不甚親切地說明。
「喔，那兒邊啊。」
「嗯啊。」
我沒有再追問下去。反正我對澀谷的地理不熟，就算她說了我也聽不懂。
澀谷站的後面是公車站，旁邊那個不大不小，類似廣場的空間出現了一個詭異的雕像。

摩艾像。

復活節島的巨石文明非常有名，那些奇怪石像遍布於島上各處的景象真是詭異得無以復加，我還小的時候就聽過「外星人建造論」這種可疑的說法了，當然是在兒童雜誌上看到的。會那樣想就證明了人類經常低估自己的能力。

人類學家海爾達的作品《阿庫—阿庫》提到，復活節島文明並非擁有超越人類智識的力量，那些石像都是靠著驚人的毅力一點一點地建造起來的。我在看那本書的時候，對於人類做出這類偉業的旺盛精力以及驅使他們的巨大熱情感到相當驚訝。

名字或外觀都很像摩艾石像的這個玩意兒出現在日本都市的一角。這是怎樣的淵源呢？

和真正的摩艾比起來，這一座摩艾孤零零的，就像做壞的仿冒品。而且它完全沒有摩艾的威嚴，只是苦著一張臉瞪著都市的早晨、中午、夜晚，以及路過的行人。

可是，正當我們經過的時候，它反而受到了大家的注目。

有人笑著走過去，有人厭惡地皺起臉，有人癟著嘴像是在苦笑，還有個三歲的小女孩把鼻子貼在低矮的柵欄上，出神地盯著它。

正確地說，他們看的並不是摩艾，而是在它腳邊的巢穴忙碌地鑽進鑽出的四、五隻……五、六隻小動物。

「阿蛋，有老鼠耶，好多喔。」

我拉住了正要走掉的好友，像孩子一樣地驚叫著。

「對耶，是老鼠。」

阿蛋冷靜地說。

「真是難得一見的景象。」

「妳啊……」阿蛋嗤笑地說。「妳知道澀谷這地方有多少老鼠嗎？」

「我一點都不想知道。」

我使勁地搖頭。

可能的話，我希望所有可怕或骯髒的東西都不要進入我的視線範圍內。在某些情況下，這種想法或許有些卑鄙，但我只是想要保持心靈的安詳。這就是我的「逃避型處世術」。可悲的是，現實世界並不像我期望的那樣充滿了美善，就算再怎麼努力，那些醜惡的事物還是會出現在我的眼前，無論我怎麼做，都不可能避免。

前陣子我在昏暗的車站月臺等電車時，也看到一列肥碩的老鼠從某間餐廳跑出來，讓我覺得不意瞥見了藏在光鮮亮麗都市背後的陰暗面。

不過，眼前的「摩艾之鼠」並不會讓人覺得噁心，或許是因為牠們的窩看起來很乾淨吧，又或許是因為牠們的體型跟小白鼠差不多，那搓著前腳的膽小模樣看起來還挺滑稽、挺可愛的。

有人丟小餅乾給老鼠吃，老鼠只是戒備地遠遠盯著，看到人走了以後才像脫兔（脫鼠？）似地衝出來，把巨大的餅乾拖回窩裡。

「這老鼠真賊。」

我笑著說。

「牠們也太愛出鋒頭了，竟然在那麼顯眼的地方做窩，簡直就像喊著『大家看哪！』，一點都不怕人。」

阿蛋的口吻甚至有些佩服。

「牠們明明就一副畏縮的模樣，這也算是不怕人嗎？」

「與其說不怕人……」阿蛋搖搖手。「還不如說看不起人。」

好一群囂張的老鼠。

「說到老鼠……」

我開始閒聊。「我最近看了一本很有意思的書。」

阿蛋是會聽我談論「好看的書」的少數朋友之一。

「那是短篇小說集，其中有一篇〈金老鼠〉，主角是小學三、四年級的男孩子。」

我說的當然就是疾風。

2

在疾風的村子裡，有一間叫做永齋寺的寺廟，建造得十分氣派，和這個小村落不太相稱。

「那間寺廟有個歷代相傳的祕寶，叫做『金老鼠』，而且照例也附帶著一個傳說。」

和《哈美恩的吹笛人》這則童話故事一樣，村子裡當時遭到嚴重的鼠害。那些老鼠咬壞了柱子，還挖破了倉庫的牆壁，把收納在倉中的穀物搬進牠們貪婪的胃袋，後來甚至咬傷了嬰兒的耳朵。

這個村莊並不大，所以村裡的糧食很快就被老鼠吃光了，村民們能做的只有仰天長嘆和懊惱搥地。

就在此時，村裡來了一位旅行的僧人。

「喔喔，這種情節還滿常見的。那個詭異的和尚一定自信滿滿地告訴大家『不用擔心，交給我吧』，而村民雖然半信半疑，還是姑且相信了。」

「說什麼詭異啊，妳小心遭天譴喔。他是個了不起的高僧，叫什麼名字我忘了，總之他很快就發現那些老鼠是被操縱的。」

「那凶手究竟是誰？」
「也是老鼠，應該說是老鼠妖怪。那是一隻很大的老鼠，身上還會發出金色的光芒。」
「喔，接著他們就要鬥法了吧。和尚贏了嗎？」
「他們激烈地鬥了七天七夜，之後村裡的老鼠全都消失了。」
「為什麼？」
「該怎麼說呢，那些老鼠其實是老鼠妖怪製造出來的假象，就像是全息影像。」
「被妳說得像科幻故事一樣……但是老鼠製造的災害應該不會消失吧？」
我答不上來。
「……天曉得。或許吧。」
「原來沒有實體的老鼠也能製造災害啊。」
阿蛋裝出一副恍然大悟的模樣。
「然後啊。」我硬是繼續說下去。「老鼠妖怪漸漸縮小不動了，這就是收藏在永齋寺的御神體，或者該說是祕寶。」
「總算又扯回這件事了。」
「這個傳說還有下文。到了滿月的夜晚，金老鼠就會動起來。」
「為什麼？」

「因為滿月的時候高僧的法力會減弱，而老鼠的力量會恢復，簡單來說就是力量平衡的問題啦。總而言之，那隻金老鼠到了滿月的夜晚就會動。」

「聽起來好像日光東照宮的眠貓雕像。」

「類似的傳說應該不少吧。反正主角聽到這個傳說之後，很想要看看金老鼠動起來的樣子。」

疾風雖是個膽小的男孩，卻有著強烈的好奇心。

每到村裡一年一度的祭典，寺裡的和尚就會把「金老鼠」展示出來，疾風以前當然也看過幾次。

但是展示品的外面圍著一圈繩索，在這麼遠的距離下，就算是貓看起來也跟老鼠差不多大。

在沉重的玻璃匣內，老鼠如北極星一樣發出光芒，也像北極星一樣難以觸及。越是嚴密看管或盡力遮掩，就越會引起別人的注意，尤其是孩子。為了滿足好奇心，他們想出了非常大膽的計畫。

永齋寺的周圍有一道很高的水泥牆。孩子們的領袖——直人說，只要爬上那道圍牆就能從採光窗看到金老鼠。

到了半夜，疾風和直人等一群孩子成功地看到了「金老鼠」。老鼠就在厚重的鐵窗和骯髒的玻璃窗裡面，尺寸比想像得更小，就算在黑夜也散發著耀眼的光芒。

但是他們看見金色鼠的時間非常短暫，住持很快就發現了他們，破口大罵地把他們趕走。

「可是疾風不只是想看金色鼠，而是想看到牠動起來。」

「所以他又在滿月的夜晚爬上了圍牆吧。」

「是啊。但這次發生了一件意想不到的事。」

疾風鼓起勇氣，獨自去了永齋寺。他先爬上松樹，雙手攀上水泥牆時，突然感到一陣劇痛。

等到少年發現雙手滿是鮮血，臉上滿是眼淚，才明白發生了什麼事。

「圍牆上插滿了玻璃。」

「哇塞，那和尚好惡毒。」

「就是說啊，真的很過分，就算是為了保護寶物也不該這樣嘛。不過疾風還是隔著窗戶看了一眼，然後他就看到了。」

「看到老鼠動起來了？」

「差不多，但又不太一樣。正確地說來，他什麼都沒看到，金老鼠不在那裡。」

「一定是跑掉了吧。」

阿蛋噗哧一笑，點頭說道。

疾風感受著繃帶底下的傷口隱隱作痛，逐漸陷入淺眠。他作了一個夢，夢見金色的老鼠在黑漆漆的房子裡四處走動，抖著金色的鬍鬚，甩著金色的尾巴。

每當老鼠移動，就有光芒在黑暗中亮起，像鬼火般一閃一滅。老鼠又動了起來，光粒四散。如同線香煙火最後的火光，迸出的光粒被黑暗吞噬了。

這奇妙的夢境讓他深受感動。

過了幾天，疾風又見到了老鼠。夏日祭典來臨了。

但這次疾風既不感動，也不興奮。在晦暗的燈光和玻璃匣之中，老鼠只是靜靜地趴著。疾風不知為何覺得有些悲傷。

「唔，這算是幻想風格的故事吧，雖然有點黑暗。那到底是什麼書啊？童話故事嗎？」

阿蛋問道，她似乎頗感興趣。

「呵呵，這既不是奇幻故事也不是童話故事。接下來才是重點喔，明智君。」

「這種時候應該說華生才對吧？而且為什麼突然提到江戶川亂步的《怪盜二十面相》？」

隨口唱起「我、我、我們是少年偵探團」的我回答說：

「總之這不只是普通的童話故事啦，接下來才要開始解謎。」

此時「菖蒲小姐」又上場了。

她擔心地望向疾風包著繃帶的手，皺著眉頭聽他敘述完事情的經過。

然後她告訴了疾風「金色鼠」移動的理由。

「簡單說，金老鼠就是黃金做的老鼠。」

「純金打造的？」

「是啊，所以那是很值錢的東西。」

「喔，那我就猜得到結局了，凶手一定是和尚。」

「也只能是他了，竟然敢打寺廟財產的主意。」

「所以疾風偷看的時候沒有看到老鼠。」

「嗯，老鼠並不是自己跑掉的。此外，金老鼠得在祭典的時候拿出來展示，所以和尚用了鍍金的老鼠來代替。」

「哎呀，竟然是鍍金的……一點都不浪漫。」

「展示會場的燈光很暗，觀眾又站得那麼遠，當然看不出來老鼠是假的。在下一個貪心的住持出現之前應該都不會被發現吧。」

「結果竟然是用贗品代替。話說那本書是誰寫的啊？」

我心想阿蛋一定不認識這位作家，說出名字之後，她果然沒聽過。

「是誰寫的都無所謂啦，但我覺得這位作家一定是個寂寞的人。」

「寂寞？」

聽到這個形容詞讓我有些錯愕。

「是啊，一定很寂寞。」

或許吧。

自己會同意這種看法也讓我覺得有些寂寞。

3

對話中斷，我們到達目的地了。招牌以時髦的手寫體寫了「Shine Gallery」。這裡正在舉行尾崎炎的畫展。我們來到澀谷不是為了逛街或看電影，而是來欣賞繪畫的。

阿蛋和我在高中時都參加美術社。阿蛋也就算了，我加入那個社團真是徹底的錯誤。

我會決定加入美術社，絕對不是因為聽到戴黑框眼鏡、膚色黝黑的社長說了些「在純白的畫布上揮灑妳的青春吧」之類的丟臉臺詞而被打動的。

理由很普通，就只是個年輕時犯下的錯誤罷了。

我一直都很喜歡欣賞繪畫，經常去逛美術館或展覽會。有一次我忘了是看誰的展覽，我深深被那美麗的作品感動，光是這樣還沒什麼，問題是我在感動之餘突然想到：

（說不定我也畫得出來。）

如今我當然很清楚這是個嚴重的誤解。每個人都有適合和不適合的事，有做得到的事，也有做不到的事。譬如說，貓或許會玩「一二三木頭人」，甚至還有貓會拉單槓。看不出來貓這種動物還挺有才能的。不過，貓再怎麼厲害也一定不會做伏地挺身……大概吧。

貓的事就不管了，總之我懷著可笑的動機加入了美術社。之後三年的活動內容可想而知。

我根本不是忙著畫圖，而是忙著寫一本名叫「社團日誌」的雜記簿，相較之下，阿蛋真的很喜歡畫畫，而且畫得很好，她就連上課時在筆記本隨手畫下的塗鴉或漫畫都畫得很棒，只給少數幾個好朋友看真是太可惜了。

我們美術社的顧問老師在本地的美術界算是小有名氣。他的外表不太像畫家，身材矮胖，又有一頭長長的、像是被耙子抓亂的頭髮。比較尖酸的學生還會在私底下說他長得像「頭上披著海帶的紅毛猩猩」。

他雖是顧問老師，平時卻很少踏進社團教室，如同雲霧一般。但他偶爾還是會心血來潮跑來指導我們。

而且他的「指導」也有點問題。

那該說是藝術家的隨興嗎？他老是問都不問一聲就在學生未完成的作品上添加一筆，這種擅作主張的程度簡直可以說是天真爛漫了。

我有一次畫了馬，那些尖酸的社員紛紛嘲弄我說「這設計有問題吧？」、「妳是色盲嗎？」，但我還是認真地繼續畫。這時老師走到我的背後，喃喃地說了些「配色很有趣」、「這裡應該再加強一點」之類的話，我只是隨口回應著「喔喔」。

隔天來到社團教室，我嚇了一大跳。

老師笑嘻嘻地對我說：「這幅畫已經完成了。妳只要簽名就好了。」

那幅畫和前一天的模樣有點像又不太像，更誇張的是，還有個我不記得畫過的人物騎在馬背上，看起來像個小丑。

「題目我也想好了。妳覺得『馬戲團之夢』怎麼樣？」

這個老師最讓人頭痛的地方就是他毫無惡意。他的多管閒事確實是出自善意，而作品也確實變得更漂亮了。

話雖如此……

我現在比較理解薩里耶利看到自己的曲子因莫札特重新「編曲」而變得更美妙時的心情了。

阿蛋從來不讓老師修改她的畫，看在旁人的眼中，她的堅決簡直到了劍拔弩張的地步。

「這是我的畫。」

阿蛋這麼說。

老師很不理解地歪著頭，但他並沒有顯出不高興的模樣，就轉身去指導其他社員了。

那年的秋天，包含我的馬在內，總共有三位社員的作品被展示出來。三幅畫相似得令人發噱。

阿蛋的作品沒有被選上。

我懷著苦悶的心情看著貼在自己名字旁邊、寫著「努力獎」的紅紙。

「這是我的畫。」

當時阿蛋說了這句話，而我卻說不出來。無論是對著老師，或是在美術展上對著自己簽過名的畫，我都說不出來。根本沒辦法說。

那不是我的畫。

雖然很漂亮，卻是假的。

4

自動門一開，松香油和油畫顏料的味道立刻撲鼻而來。那是我忘卻已久的味道。高中畢業之後，我就沒再摸過畫具了，那些畫筆和一管管的顏料此時大概還在儲藏室的角落積灰塵吧，和我的回憶一樣。

Shine Gallery 是美術社兼畫廊，店裡有大小兩間展示廳，常常展示知名或無名畫家的作品。

尾崎炎是近年開始受到關注的畫家，他畫的是抽象畫，不過他的作品都會在局部加上細緻的蔓草紋路，風格非常新穎，有一種奇妙的獨特韻味。他是阿蛋最欣賞的日本畫家之一。

「日本的繪畫本來是平面的。」

阿蛋站在第一幅畫前說道。

「從『寫生』的角度來看，這樣是不及格的。譬如畫的是側臉，卻把眼睛畫得像正面看起來的樣子。埃及壁畫也是這種風格，但又更誇張一點，身體明明是正面，臉卻是側面，而且眼睛還是正面的樣子。話說西洋的繪畫不是很有立體感嗎？那是因為從達文西的時代開始運用透視法。東西方繪畫的觀點截然不同，不能說孰優孰劣。」

「是啊。」我附和道。「所以尾崎炎的畫風才這麼特別。妳看，旁邊的說明也有寫到：『立體主義和東方畫風的奇妙結合』。他竟然有辦法把兩種互相矛盾的風格摻在一起。」

「很久以前就有人做過這種嘗試了。平面文化和立體文化的相遇極具衝擊性，浮世繪也是深受西洋繪畫的影響。」

「反過來也是一樣的。」

我們的壞習慣就是不能靜靜地把感動放在心底。反正現在沒有其他客人，我們就放心地大發議論。老闆正在角落的會客區和幾個像是客戶的人聊得很愉快。

「哇，那幅畫真棒！」

我跑到掛在最後面的一幅百號畫布前。（註2）

貼在一旁的名稱是「漫長的時間」。整幅畫都布滿了尾崎炎最拿手的蔓草紋飾，他的耐心和毅力真是太驚人了。有一個球型的東西懸在中央，像是浮在水面，球體是透明的，就連球體後方因光線折射而扭曲的花紋也如實地畫了出來，精細到非常誇張的地步。

「虧他想得到要在百號的畫布上畫滿這麼繁複的花樣。」

阿蛋驚嘆地說。

「真不想跟這種人當朋友。」

我一邊說，一邊把臉湊到畫前。上面的顏料比我想像得厚。

2 「號」是畫布尺寸的單位。百號大約是一六二x一三〇公分。

「不愧是職業畫家，顏料用得這麼大手筆。」

油畫的顏料還滿貴的。我剛加入美術社時，因為捨不得用那麼多顏料，還會加入松節油稀釋，結果被人批評：「跟水彩畫有什麼不一樣？」

「這種無聊事有什麼好佩服的。」

阿蛋笑著說，也跟著把臉湊近。畫筆接觸過的每個地方都厚厚地隆起，有一處顏料還突出了一個角，就像打發的鮮奶油一樣豎起。

「妳看妳看，這個好可愛喔！」

我一邊說一邊無意識地伸手去摸，啪的一下，那塊突出的尖角竟被我折斷了。

我當場傻眼，呆呆地望著手中那塊米粒大小的深藍色固體。

「……這幅畫定價五百萬喔。」

阿蛋沉默片刻之後，悄悄地這麼說。我在此之前都沒有意識到，掛在這個展覽會場裡的都是商品，而且這幅《漫長的時間》已經貼上了「售出」的紅紙。

我們兩人像是說好了似的，戰戰兢兢地一起轉頭，看到沙發上坐著一位男性和兩位女性，男性就是老闆，另外兩位應該是客人，他們好像還沒發現我們做了什麼事。老闆大概是認定了學生買不起這裡的畫，一開始就不打算招呼我們，這還真值得慶幸。

阿蛋扯著我的袖子。

「那、那幅畫也很不錯啊！」

她很刻意地指著旁邊另一幅畫，我一邊回答，一邊若無其事地遠離那幅《漫長的時間》。

我們兩人一言不發，滿腦子想的都是怎麼在不引人注意的情況下迅速地離開畫廊。我們慢慢地移動，好不容易走到最後一幅畫的前面。

此時有個男人走進來，那是個頭髮灰白、很有格調的中年男子。他的臉上原本掛著安詳的微笑，但一瞬間就變了臉，他眉毛挑起，嘴巴緊抿，筆直走向那幅《漫長的時間》。

我的心臟幾乎跳到體外，在空中轉體三圈。那個男人顯然在生氣。

「我們該走了。」

阿蛋拉著我包包的肩帶，我離開之前還回頭望了一眼，那男人正激動地向老闆抗議，一副要揪住對方的樣子，另外兩位女客人在一旁看得目瞪口呆。

5

「喂，阿蛋，妳說我該怎麼辦？」

我拿著湯匙在杯中攪拌，一邊問道。這句話我已經說了三次。

「嗯，這個嘛……」

阿蛋的回應也和前兩次同樣含糊。

我們進了附近一間羅多倫咖啡，一邊喝咖啡一邊討論該如何善後。

「會怎麼樣嗎？這沒什麼大不了的，妳又沒有破壞那幅畫，只是弄掉了一小塊碎片，誰都不會注意到的。」

「或許吧。」我點頭。「所以問題只在於我的良心。」

我一邊說，一邊盯著桌子中央那顆米粒大的結塊顏料。竟然為了這種跟垃圾沒兩樣的東西感到良心不安，我到底是有多正直啊？

「話說回來，後來進來的那位大叔不知道是在氣什麼。」

「他一定發現了吧？」

我捏起那深藍色的塊狀物。

「怎麼可能，那幅畫距離門口七、八公尺耶，如果他看得到，那真是千里眼了。」

說得也是。

「那麼他是打算買那幅畫囉？可能是跟老闆有過口頭約定，結果去了一看發現掛著『售出』的牌子，覺得老闆不守信用，所以才發脾氣。」

「如果做過口頭約定，看到牌子應該會覺得這是為他保留的吧。」

有時阿蛋對這種無關緊要的事還挺認真的。我嘆了一口氣。

「總之我還是去道歉吧，我的良心實在過意不去。」

阿蛋又說了些「沒有被發現」、「五百萬圓」之類的話，最後只能無奈地搖頭。

「好啦好啦，我陪妳去就是了。是我約妳出來的，我也該負一些責任。」

「阿蛋，我愛妳～」

我握住了阿蛋的手。我們在高中時就經常玩這種主人與忠狗的遊戲。阿蛋拍拍我的頭說：

「難怪大家都說傻孩子才惹人疼。」

兇手回到犯罪現場了。

再次走到 Shine Gallery 的門口時，我心中默默地如此想著。

這裡一樓是畫具賣場，尾崎炎的畫展是在二樓的展示廳，再上去還有一間小展示廳和辦公室。三樓經常展示蝕刻的版畫、水彩畫、水墨畫之類的作品。

我拖著沉重的腳步爬上樓梯，走到中間平臺時停了下來，讓路給一位從三樓下來的女性。阿蛋也做出同樣的動作，把背貼在牆上。

「謝謝。」

那人用清晰的聲音道謝，又繼續往下走。她穿著一件優雅的淡紫色連身裙。真是個美女。

我又繼續在平臺上站了良久。事到臨頭我果然又開始害怕，躊躇不前。

「走吧。」

阿蛋鼓勵似地輕推著我的背。我深深吸了一口氣，才繼續往上爬。

我們進去之後，老闆漫不經心地瞥來一眼，敷衍地說著「歡迎光臨」。他好像完全沒注意到我們三十分鐘前才剛來過。

我正要走向老闆，阿蛋卻輕輕拉住我的手。

「喂，不太對勁喔。」

她的視線直勾勾地望向那幅《漫長的時間》。

怎麼了？我正要發問，卻突然打住，然後走向那幅畫。

確實是不太對勁。這幅畫看起來和先前一模一樣，但又有些怪怪的，好像有些細微的地方跟先前的印象不同。

繼續靠近仔細觀察後，我的懷疑變成了確信。

我先前摸過的地方像是從來沒有顏料突出，變得非常光滑。只見優雅的蔓草花紋布滿整個畫面。

我們兩個人丈二金剛摸不著頭腦。如今掛在我們面前的這幅畫顯然和三十分鐘之前看到的那幅不一樣，握在我手中的顏料碎塊就是最有力的證據。

這麼說來《漫長的時間》應該有兩幅，在我們離開的三十分鐘之間，原來那幅《漫長的時間》被換成了現在這幅《漫長的時間》。油畫可不像網版印刷或石版印刷，不可能會有兩幅一模一樣的畫，除非是故意仿製的。

我的腦海裡浮出了「贗品」一詞。

「呃……不好意思。」

我開口叫道。老闆不悅地轉頭看我們。

「我想請教一下關於這幅畫的事。」

老闆明顯露出疑惑的表情，但還是走過來問我「什麼事」。我在裙子上擦去手心的汗水。

「我們在三十分鐘之前來過，這幅畫看起來好像跟剛才不一樣……」

「沒這回事。」老闆一口否認，表情變得更生氣了。

「可是……」我被他的臉色嚇得欲言又止。「真的和剛才看到的不一樣……」

「我說了沒這回事。」老闆不容轉圜地說了同樣的話。「抱歉，我不知道妳在說什麼。」

「剛剛這幅畫掛了『售出』的牌子。」阿蛋冷靜地插嘴。「但是牌子現在拿掉了，這是為什麼？」

這麼一說，的確是呢。我也用充滿問號的表情看著老闆。

「兩位大概是弄錯了吧。」

老闆的語氣雖然客氣，卻明顯帶著蔑視的味道，真是令人火大，就像在說「妳們這種小丫頭哪裡懂得藝術」。而且他還隨口加了一句：

「那幅畫還沒賣掉，如果妳們有興趣，要不要買下來呢？」

阿蛋默然不語，立即轉身離去，我也趕緊跟上去。這事不只是離奇，還很不愉快。

走出展示廳後，我突然停下腳步。先前我都沒注意到，樓梯間的牆上貼滿了繪畫的海報和廣告單，其中有一張本月的活動表，密密麻麻的鉛字之中提到了麻生美也子的幻想畫展在小展示廳舉行。

麻生美也子就是為《七個孩子》畫了封面的畫家。我頓時想起封面上那位令人印象深刻的少年。我會被那本書吸引的其中一個理由就是那幅畫。

我看看日期，展覽到今天為止。這展覽只展出三天，今天就是最後一天。

我真想立刻衝上樓，但我想起了阿蛋，就四處找尋她的蹤跡。她已經不在樓梯上了。我聽見一樓傳來自動門開啟的聲音，以及店員喊出來的「謝謝惠顧」。

阿蛋是個不可多得的好朋友，但她有時還挺難相處的。她有自己的原則和信念，有自己的價值觀，而別人多半無法理解。就算別人不支持她，她還是會自己一個人堅定地走下去。我也是費了一番工夫才適應了她這種脾氣。

這次也一樣，如果我繼續拖拖拉拉，阿蛋很可能會自己一個人先回家。我們都這麼久沒見面了，我可不想看到這種結局。

我朝三樓拋去遺憾的一瞥，就死心地跑下樓。站在櫃檯的女孩活力十足地喊著「謝謝惠顧」。我向她問道：

「今天有麻生美也子的畫展嗎？」

「是啊，剛才她本人來過了，真是個漂亮的人。妳見到她了嗎？」

女孩甩著馬尾說道。

「真的嗎？好可惜……」

我由衷地這樣想。然後我突然想到……「她是不是穿了一件很漂亮的紫色連身裙？」

「嗯，是啊。原來妳見過她了。」

馬尾女孩笑嘻嘻地點頭。這女孩很年輕，大概是來打工的高中生吧。

雖說只是擦身而過，但我確實見到畫那幅畫的人了。巧合這種東西有時會給人帶來意想不到的邂逅呢。話說回來，人與人的相遇或許全都是巧合的產物吧。

我彷彿被馬尾女孩的笑臉感染了，笑咪咪地走到店外，然後就看見阿蛋在十公尺的距離之外慢慢地走著，看她的樣子應該是在等我。

「真慢。」

我氣喘吁吁地追上去之後，阿蛋不高興地去出這句話。她已經忘了不久之前重逢的喜悅，滿腦子都是剛才那件不愉快的事。

「我最討厭這種沒道理的事了。」

阿蛋憤慨地說道，我也頻頻點頭。

「一定有問題。那幅畫明明跟之前不一樣，那傢伙竟然還跟我們裝傻。」

「真是睜眼說瞎話。」

「他分明是看不起我們學生嘛。一定是他幹的，絕對是。」

「我們離開的三十分鐘之間究竟發生了什麼事？」

我模仿雜誌標題的語氣說道。

「那個老闆把原來的畫換成贗品了，絕對是。妳不覺得他的態度很奇怪嗎？一副惱羞成怒的樣子。凶手一定就是那個老闆，絕對是。」

阿蛋滿口「絕對是絕對是」地說著。我雖然點頭附和，心裡卻又覺得難以釋懷。

「對了……」

走在人潮之中，阿蛋突然問道。

「那個故事最後怎麼了？」

「哪個故事？」

「就是金老鼠的故事啊。壞和尚一點事都沒有嗎？」

「才不是呢。」我搖頭笑著說。

住持擅自把黃金老鼠拿去賣也就算了，更讓「菖蒲小姐」生氣的是他害疾風受傷。她覺得有必要狠狠地教訓這個和尚。

實際動手的當然是疾風和孩子王直人。直人雖是個孩子卻很有膽識，頭腦也不錯，聽了疾風的遭遇後，少年單純的心中非常氣憤，所以他也很樂意幫忙實行「菖蒲小姐」的計畫。

在直人的一聲令下，村裡的孩子們立刻抓來了十幾隻老鼠，他們把其中最大的一隻老鼠漆成金色，然後把全部的老鼠都丟進永齋寺。

看「鼠算」一詞就知道（註3），老鼠的繁殖力非常驚人，而且圍牆上插著碎玻璃，老鼠都出不去。很諷刺地，以前出現在村中的鼠害又在寺中重演了。

永齋寺的住持忙著對付老鼠的消息一下子就傳遍了整個村子，接著又有傳聞說寺裡出現了一隻全身金光閃閃的老鼠。不久之後，開始有人謠傳說這一切都是因為住持偷偷地賣掉了寺中的祕寶。

3　數學題的名稱，要計算老鼠的數目在若干時間裡會增加多少。

這的確是事實。住持臉上掛不住，很快就離開了村子。

事件之後來的住持很喜歡貓，總共養了黑、白、花三隻貓，老鼠不怕都不行，所以鼠害輕輕鬆鬆地就解決了。這位和尚來到寺裡的第一件工作就是拆掉插著碎玻璃的圍牆。

「這樣才通風嘛。」

他瞇著眼睛這樣說。這人被稱為「貓和尚」，在疾風的故事裡經常出場。總而言之，這是「菖蒲小姐」在整本書中最不留情、手段最激烈的一次。

「真爽快。」

阿蛋心滿意足地說道。

「我收回先前的話。這位作者除了寂寞之外還很嚴厲，不只嚴以待人，也嚴以律己。我喜歡這種人。」

「……我想也是。」

我覺得阿蛋好像在批評我這種寬以待人又寬以律己的軟弱個性，不禁有些羞愧。其實我也知道她根本沒有這個意思。

話說回來，這真是奇妙的一天，我看到了摩艾之鼠、看到了兩幅相同的畫，還看到了麻生美也子。

對了……我突然想到，麻生小姐的衣服也是優雅的菖蒲色。雖然我只是跟她擦身而過，沒有留下多少印象，只記得她好像是個苗條美麗的女性，而且感覺很精明。她該不會就是「菖蒲小姐」吧？我不禁這樣猜測，但我也沒有任何根據就是了。

當天一回到家，我便立刻拿出信紙。

6

敬覆者：

我正在想您差不多該寄信來了，就收到了您的信。話說您真是個發掘怪事的專家呢，您的日常生活充滿了遠比我那些拙劣故事更驚人、更奇妙的情節。和上次的來信一樣，這次我也興致盎然地讀完了。您的字典裡一定沒有「無聊」這個詞吧？真是令我羨慕不已。

我得先說聲抱歉，讀到您和朋友在澀谷畫廊那段不愉快的遭遇時，我忍不住笑了。因為我很同情畫廊的老闆，當然，這完全是他自己的錯。

關於您稍微損毀那幅畫的事，我覺得不需要放在心上，如同您朋友所說，這件事應該永遠都不會被發現，而且您已經回去道歉了，只不過畫廊老闆害妳沒辦法說出口。

我敢肯定，就算您真的開口道歉，老闆也只會覺得莫名其妙，他應該會說反正那幅畫也沒什麼事，叫您快點離開。

他對您們兩位的態度確實很不客氣，但是您一定會原諒他的，因為您看完這封信之後一定也會覺得好笑，不得不原諒他，畢竟他的自尊心已經受到了打擊。

在這樁事件中，最大的謎題就是那幅畫在您們離開的三十分鐘之內被調換了。百號的畫布有兩扇紙門那麼大，這樣的龐然大物真的有辦法神不知鬼不覺地偷偷換掉嗎？

照您信中的描述來看，要去二樓的展示廳會經過一座狹窄的樓梯。不管畫廊平時是怎麼搬畫的，若非店裡的人，想要把畫搬出去一定得走那座樓梯。

由此可見，想要瞞著老闆和櫃檯女店員將兩幅百號的畫偷偷對調是不可能的。您的朋友一口咬定「凶手是老闆」，也不算是信口胡謅。如果真的有人把畫調包，絕對不會是老闆以外的人。

若真是如此，問題就來了：他換掉那幅畫究竟有什麼好處？他是畫廊的老闆，他必須對知名畫家放在店裡的作品負責，如果被人發現他拿贗品來調換，他不只會失去信用，還得吃上官司。他有什麼理由要冒這麼大的風險呢？

另一個問題是，那幅贗品是怎麼來的？我也很喜歡尾崎炎這位畫家，我知道想要仿摹他的作品必須付出極大的精力和毅力，甚至會比原作更花時間。此外，想要製造贗品就得先拿到真畫，至少要拿到真畫的照片，但《漫長的時間》是尾崎炎的新作品，當然不會刊登在他的作品集裡。

因此，想要製造贗品是不可能的。

那麼您看到的兩幅畫究竟是怎麼回事？

答案就藏在尾崎炎的畫風，以及他所選的主題之中。他的作品經常加入局部性的蔓草花紋，這次他做了新的嘗試，把整張畫布都畫滿精細的花紋，這就是原因之一。另一個原因則是中央的球體。

您明白了嗎？

畫廊老闆掛出《漫長的時間》時，把上下弄反了。在正常的情況下，他應該會注意到簽名的位置不對，但是因為畫上全是精細複雜的花紋，所以他沒發現簽名不在正常的位置，而是出現在奇怪的地方。那幅畫就這樣上下顛倒地被展示出來，而且賣給了客人。

您當時看到的男人想必就是尾崎炎本人。他心血來潮跑來看自己作品的展示會場，或許是想知道畫賣得好不好吧，結果卻發現自己勇於創新的自信之作被掛反了。

乍看之下沒有多大差別，但他會生氣也是情有可原，會那麼氣憤地向老闆抗議也是可以理解的。

《漫長的時間》在上下顛倒的情況下賣出去，一定也讓他很不高興。「連畫的正反都分不出來的人沒資格買我的畫。」

他應該會這樣說吧。

畫已經被訂走了，之後再去跟客人說不賣，會嚴重影響到畫廊的聲譽，所以老闆一定會拚死反對。話雖如此，這畢竟是他自己造成的錯誤，最後還是只能照著畫家的意思，先把畫掛正，再去向客人道歉、要求解約。

老闆正在為這件事煩心時，您們正好跑回來，說那幅畫「不一樣了」。現在您一定可以理解他的態度為什麼如此失禮吧。他向您們遷怒當然是不對的，但還是請您看在他深受打擊的份上，對這件事一笑置之吧。

《漫長的時間》說不定會成為尾崎炎的代表作。若是那樣就太有意思了，因為只有您和我知道那幅畫的上緣少了一小塊顏料。還有您的朋友。她當然也有知道的權利。

我很好奇您的朋友對這個結局會有什麼感想，若是您下次再寫信來，請一定要告訴我。

三……一張照片

1

爆滿的電車上有時會莫名其妙地空著一個位置，感覺似乎有什麼特殊的原因，周圍的人都不去坐，只是偶爾瞥去一眼。過了兩個大站，就有一個剛上車的乘客大剌剌地坐下，這也是常見的景象。在這種時候，周圍都會瀰漫著一股尷尬的氣氛。

如果是在滿座的劇場或演唱會上看到比自己更好的位置空著，就跟電車上的情況不一樣了。每個人都想坐得更前面，就算只往前一排也好，所以任誰都會覺得「啊啊，好可惜」。是不是有人碰上了突發事件而無法出席？或者那是特地保留下來的「貴賓席」？

看到那個座位從頭到尾都空著，鐵定會有上百人這樣想。

小學的時候，班上有個男同學生病過世了。

沒有一個孩子會去坐那張失去主人的寂寞桌椅，大家都當作那個位置不存在。

我只有一次看到一個和那位男同學很要好的男孩輕撫著那張桌上的塗鴉。

某天我突然發現那套桌椅被收走了，發現的時候都已經過了好幾天。

三十公分見方的空間。

這個小小的空隙如今仍然存留在我的心中。那是已經不在的少年坐過的小空間。

如同地層般層層堆疊的記憶之間夾著好幾個類似的空隙，有的大，有的小。就像漂浮在蜂蜜罐中的氣泡。

2

「小駒，上次拍的照片洗出來了。要看嗎？」

在「圖書館概論」的課堂上，富美轉頭對我說道。

「哇！我要看我要看！」

我在興奮之中還是記得要壓低聲音，然後接過那本印著兔子圖案的相簿。

說這種話對老師不太好意思，但是圖書館學真的很無聊。

我對數理深惡痛絕，對文學熱愛不已，所以才會來讀這所學校。我的動機只是想要學習文學，其實不需要聽這些為了考圖書館員資格而開的課程，但我在選課的時候，心中突然冒出了現實的考量。也就是說，去考考看也無妨，考上了說不定以後找工作時還派得上用場。

我很喜歡看書，但我作夢也想不到要幫這些寶貝書本分類還需要這麼龐大而複雜的知識。基本上，我不太適合做這種有條有理地分門別類、歸納統整的工作。

我入學的理由只是因為喜歡文學，從選擇志願的角度來看，這也沒什麼不對的，但我對於不久之後必須面對的求職活動實在是欠缺考量。我有時還是會擔心這樣不太好，所以在看入學手冊的時候，我很天真地想到「當圖書館員好像很閒，還可以在書本的環繞下生活，應該很適合我吧」。

但現實生活才沒有那麼輕鬆。圖書館員的名額很少，（這樣說或許有點失禮）而且圖書館員通常一待就會待很久，所以久久才會招募一次員工，市立圖書館要招募一位圖書館員至少會有兩百多人去應徵，這種事光聽就讓我感到脫力。

天生缺乏毅力的我只是為了在求職時可以在履歷表上多寫一行「擁有圖書館員資格」，就跑來研讀圖書館學。再怎麼樣也比證照一欄空白來得好，這種理由還真是消極。

在上我最愛的「日本文學特殊講義」或「戲劇論」時，我一定都坐在最前排正中央，眼睛發亮地專注聽講，但是在上圖書館相關課程時，我雖不至於坐到最後一排，但還是會無意識地坐到角落。我對自己的心一向很誠實。

上「圖書館概論」的時候我習慣坐在窗邊，讓窗外吹進來的風拂著劉海，悠哉悠哉地聽課。很不巧地，上課時間是剛吃完午餐之後，老師講課的聲音聽起來有如單調的旋律，隨手翻開的課本彷彿印滿了艱澀難懂的阿拉伯文。

就在我的眼皮快要像舞臺布簾一樣拉下時，那本相簿出現在我的眼前，搞得我頓時睏意全消，布簾又像謝幕一樣突然拉開。

這些照片是上次校外教學去橫濱的近代文學館時拍的。無論是上課還是幹麼，喜歡照相的人總是會帶著相機，而富美就是這種人。多虧有她，我寶貴的學生時代才能留下這麼多的照片。

我們在觀港山丘公園裡拍照、在大佛次郎紀念館的漂亮現代建築前拍照、在剛好公休的外國人墓地前拍照，總之觀光客會喜歡的所有景點我們都拍了照。女孩子應該都很喜歡拍照，我在鏡頭前擺姿勢時，往往會有一大群同學湧來，所以其中也有不少團體照，那樣也挺歡樂、挺熱鬧的。兩三人的合照多半是輪流互拍，還有一些是拉老師或剛好經過的情侶幫忙拍的。大家都會包容我們的唐突，甚至有幾位大哥很親切地主動跑過來說要幫我們拍照，我猜他們的古道熱腸絕對和富美與小愛長得很可愛脫不了關係。

我在相簿某幾頁的角落寫了「駒」再圈起來。我稱之為「駒字標記」。對了，以前我在畫這個標記的時候還會唱著「駒字標記～味噌～」，結果就被人說了「無聊」。說這話的人當然是阿蛋。

味噌的事先不管，總之此時畫這個記號的意思是「我要加洗」。或許是因為橫濱當天的天氣很好，照片都拍得很漂亮，所以我毫不節制地拍了十來張，然後用自動鉛筆的尾端戳戳富美的背脊。

「嘿，我拍得挺好看的。」

「可不是嗎？這是因為我技術高明。」

富美回過頭正經八百地說道。什麼意思嘛。

她的眼睛流露出笑意，又轉了回去，一頭烏黑俏麗的短髮輕輕搖曳著。剛才我說過她「可愛」，但我現在要改成「漂亮」。富美的個性十分直爽，所以有些人很怕她，但我很欣賞她這種有話直說的個性。這份欣賞之中也包含著羨慕，或許是因為我碰到事情的時候只會「嘿嘿嘿……」地笑著糊弄過去吧。我經常掛在嘴上的「沒關係啦」絕對不會從她的口中聽到，她是個單刀直入的人，一旦做出決定就會不顧一切地堅持到底。我從來不相信星座，但是聽到她是射手座的時候，我還是會想著「難怪……」。

3

幾天後，富美說著「洗好了」，把裝在信封裡的照片交給我，之後照片一直被我放在書包裡。又過了很久，我才想起這件事，接著又想到「該整理相簿了」，我那些還沒整理的照片已經累積了一大箱。

整理照片這回事就像是年終大掃除，花了很多時間，還是看不出有什麼進展。看到自己小時候的照片，我心中充滿了懷念，感嘆著「原來我以前是這樣啊」。我嬰兒時期的照片真的很可愛，白白胖胖的，看起來營養很充足。

閒扯一下，我們家是現代少見的大家庭，共有四個兄弟姊妹。除了妹妹以外都只差一歲，就像丸子三兄弟一樣成串地接連出世。

姊姊嬰兒時期的相簿多達三本，而且同樣的照片加洗到多達十張，分別剪成心型或菱形，排得漂漂亮亮地貼在相簿裡，旁邊還詳細地寫上註解，費了不少心思，可以看出父母是多麼地寵愛這個女兒。

身為次女的我出生之後，他們的熱情大概消退了，相簿變成兩本，也沒有那些花稍的工夫，而弟弟的相簿只有一本，一看就知道待遇差了多少。而最小的妹妹從小就經常抱怨：

「太過分了，我嬰兒時期的照片竟然只有三頁！第四頁就直接跳到幼稚園入學照！」

看來受寵的么女也是有煩惱的。

我丟下堆積如山的未整理照片，沉浸於懷舊的心情翻閱著相簿。翻到某頁，我的手突然停住。這頁少了一張照片。

我最早的相簿是鑲嵌式的，裡面附有稱為「角貼」的三角形小套子，用來把照片的四個角固定在相簿內頁，所以照片很容易取出。

從周圍的照片來判斷，消失的是我三歲左右的照片。但是無論我怎麼想，都想不起來那一小塊空白處本來放的是什麼照片。

仔細一想，我幾年前好像也這樣苦思過。在這些年之間，那塊9X12公分的空間一直懸浮在我的心中，就像個記憶中的小氣泡。

如同成套的杯子打破了一個，整組棋子丟掉了一只，成排的乳牙少了一顆。應該完整的東西卻缺少了一部分，真是讓人心煩意亂。每當我碰上這種事，心中就會浮現和那個東西的價值一樣大的氣泡。

9X12的氣泡再次浮上心頭，低調地聲明自己的存在。

4

缺少的一部分。這令我想起《七個孩子》的第三篇故事——〈天空的藍〉。我很喜歡這個故事。

疾風一畫完暑假作業之中的水彩畫，就立刻拿去給「菖蒲小姐」看。那是一幅風景畫，題目是《我們的村莊》。

疾風畫的是殷紅夕暮中的村莊，田間的水映成紅色，山和房屋的黑色輪廓後方有一輪正在漸漸下沉的巨大夕陽。

怎樣？疾風滿心期待地問道，「菖蒲小姐」微微一笑，回答：

『唔……畫得很好，很有男孩子的風格。』

『其實應該有更多房子，但我覺得全都畫出來太麻煩了，所以只畫了一間。』

疾風不好意思地說道，像是在辯解。

『圖畫和照相不一樣，不需要把看到的東西全部畫出來，只要好好畫出自己想要表現的東西就行了。』

『可是我畫得不好，不像秋彥。秋彥畫圖很厲害唷，他每次美術課都會被老師誇獎。他的奶奶很久以前是教畫圖的，別人都說那是遺傳。遺傳是什麼意思啊？』

「菖蒲小姐」呵呵地笑著，回答說意思就是你會像你的爸爸媽媽。

『秋彥的奶奶現在還會畫圖嗎？』

疾風搖頭說：

『沒有，她現在躺在床上起不來了。』

『這樣啊。』

「菖蒲小姐」點頭說。

『我可以問你一件事嗎？為什麼你要畫黃昏的天空？畫白天不好嗎？』

疾風嘻嘻一笑。

『因為白天要在學校的畫圖時間才能畫啊。而且其他人也一樣，直人畫了祭典的煙火，一郎畫了傍晚的陰天，秋彥畫的是山，整個畫面都是山，遠遠看起來全是一片綠色。』

『沒有人畫藍天嗎？』

「菖蒲小姐」很好奇地問道，疾風很得意地說：

『是啊。妳知道這是為什麼嗎？』

「菖蒲小姐」笑著搖頭。

『這個嘛，我不知道。』

『告訴妳喔……』

疾風靠近「菖蒲小姐」的耳邊，像是在說悄悄話。

『因為藍色的顏料不見了。』

然後疾風說起了事情的經過。

那一天，五個少年聚集在秋彥家，打算一口氣解決暑假作業。大家都帶了作業簿和畫具，還有人帶了捕蟲網，看來不是每個人都那麼認真。這也是應該的，因為大家真正的目的是來抄秋彥的作業。秋彥是個文靜乖巧的少年，功課很好，也很會畫圖，因此同伴們都很尊敬他。大家抄他的作業，他也不反對，只是在一旁笑咪咪地看著。

秋彥的母親還以為孩子們真的是勤奮地來開讀書會，所以體貼地為他們準備了點心和西瓜。

在享受過豐盛的飲食之後，疾風站起來說：

『我去一下廁所。』

其他少年也跟著起身，一群人浩浩蕩蕩地去廁所。大家一起上廁所並沒有任何好處，只是小規模的群體心理迫使大家覺得必須這麼做。

後來疾風很慶幸當時是跟大家在一起，多虧如此，他才沒有一個人出洋相。

通往廁所的昏暗漫長走廊上出現了怪物。

一拉開紙門，突然有個白色的物體竄出來，疾風當場嚇得驚叫，但丟臉的不只他一個，其他人也『啊』、『哇』地叫著，還有人在逃跑時被絆倒了，摔得四腳朝天。

直人確實是個大膽的孩子，他皺起粗粗的眉毛，瞪著怪物看，然後露出笑容，一個箭步撲向怪物，扯掉那團東西的白色外皮，出現在那裡的竟是秋彥。原來怪物是秋彥披著白床單假扮的。

『沒想到你們會嚇成這樣。』

秋彥沒有半點愧疚，還笑嘻嘻地這麼說。

因為他平時都是一副好學生的模樣，所以大家都吃驚到顧不得生氣。

少年們回到房間後，解決了一半左右的作業（應該說是抄完了秋彥已經寫好的部分），所以大家決定趁著這股勁頭一併解決風景畫。

打開畫具盒，大家紛紛叫了起來。每個人都少了一管顏料。

『是什麼顏色不見了？』

直人一邊說，一邊把亂七八糟的顏料照著盒蓋上標示的順序重新排列，大家也都學著他做，很快就發現消失的是藍色顏料。

『真奇怪，大家少的都是藍色嗎？』

直人盤著雙臂歪頭說道。

『我少的不只是藍色，還有白色和紅色。』

『少了這麼多？』

『嗯。』

秋彥沮喪地低下頭。

『怎麼辦？沒有藍色就不能畫天空了。』

一郎的語氣有些竊喜，可見他很高興能找到不寫作業的藉口。

『唔……』

直人癟著嘴巴沉思，然後雙手按著膝蓋站起。

『秋彥，你奶奶不是很會畫畫嗎？我們去問她該怎麼辦吧。』

『可是秋彥的奶奶生病了，這樣好嗎？』

疾風這麼一說，秋彥就笑著回答：

『沒關係，這麼多人去看奶奶，她一定很高興。』

事實上也是如此。奶奶笑咪咪地聽完了孩子們的話。

『天空不是只有藍色唷。』

奶奶用沙啞卻很溫柔的聲音回答。大家聽得直發愣，所以奶奶像在唱搖籃曲似地繼續說：

『下雨的時候，天空是什麼顏色？太陽公公躲到山後時，天空是什麼顏色？螢火蟲提著燈出來時，天空是什麼顏色？你們想一想吧。』

『對耶！』

直人大聲叫道。

『我就畫前陣子的祭典吧，煙火在空中爆開的樣子漂亮極了。』

『那我要畫黃昏的天空。』

疾風跟著叫道，臉上泛出夕陽的顏色。其他孩子也紛紛地喊起來，奶奶一直笑咪咪地聽著。

『天空不是只有藍色。』
「菖蒲小姐」複誦了一遍，像是在回味奶奶說的話。
『這個奶奶真好。』
『嗯。』
疾風點點頭，害羞得像是他自己被誇獎了。
『妳覺得顏料為什麼會消失呢？』
『你最後一次打開畫具盒是什麼時候？』
『放暑假之前，在上畫圖課的時候，後來都沒有打開過。其他人應該也一樣。上次一郎的媽媽要跟他借書法用具，打開盒子一看，裡面都發霉了，因為他上次用完沒有洗乾淨，結果被媽媽罵了一頓。』
『哎呀。』
「菖蒲小姐」笑了。
『學期結束之後，大家都把放在學校的東西帶回家了嗎？』
『不帶走的話會被老師罵的。』
『既然一直沒有打開，或許是在學校裡面不見的。』
『真的是那樣嗎……』

「菖蒲小姐」想了一下，然後露出微笑。

『既然你覺得不是，那就姑且認定顏料是在其他地方不見的吧。』

『是在我家不見的嗎？』

『不，是在秋彥家。』

『怎麼會呢？那個時候……』

『你們把畫具盒放在哪裡？』

『呃……丟在秋彥家的檐廊上。』

『你們寫功課的時候，秋彥在哪裡？』

『應該和我們在一起吧。』

疾風說得很沒自信，其實他不記得了。

『他沒有一直和你們在一起吧，像是扮鬼嚇你們的時候。』

『……拿走顏料的是秋彥？』

疾風落寞地低下頭。他不敢相信秋彥會做出這種事，但「菖蒲小姐」說得一定沒錯。秋彥是他很喜歡的朋友，所以他更覺得難過。

『哎呀，你不也一樣嗎？』

「菖蒲小姐」露出戲謔的表情笑著說。

『你也拿了秋彥的東西啊。』

疾風愣了一下。「菖蒲小姐」用銳利的眼神瞪著他說：

『你沒有自己寫暑假作業，而是抄別人的，等於是拿了別人的東西。』

疾風立刻紅了臉。他因自己毫無顧忌地抄了秋彥的作業而感到無地自容。

『我沒有這樣想過……』

大概是因為疾風羞愧的樣子很可憐，「菖蒲小姐」微笑著換了話題。

『秋彥做的事當然是錯的，但是他過陣子應該會來向你道歉，到時你也要為抄作業的事向他道歉喔。』

『我會向秋彥道歉的，因為我也做錯事了。可是秋彥為什麼要拿那麼多藍色顏料呢？』

『是天空。』

「菖蒲小姐」喃喃說道，一邊抬頭望向天花板。那片天花板乾淨潔白，沒有任何異狀。

『我很清楚生病臥床是什麼感覺，那真的很痛苦，只能看著天花板，也不能晒太陽，心情會越來越消沉。我問你，秋彥的個性是不是很體貼？』

疾風用力點頭。

『他從來不會說別人的壞話。』

『果然是這樣。那他一定也對奶奶很好。或許他的奶奶說了這樣的話：「唉，我不想再看著天花板了，我想看藍天，我想晒太陽」。所以秋彥打算把天空帶給奶奶。』

『把天空帶給奶奶？』

『秋彥不是很會畫圖嗎？』

秋彥真的把天空帶進來了。用了很多藍色顏料。

他把藍天帶進了兩坪大的房間。

『秋彥想到這個計畫時一定很興奮，所以把他要用來當畫布的白床單披在頭上，扮鬼嚇你們。』

「菖蒲小姐」噗哧一笑。疾風覺得她彷彿看見了自己嚇得屁滾尿流的場面，不禁又紅了臉。

『藍色顏料變成藍天了。』

「菖蒲小姐」愉快地說道。

『那麼，紅色和白色的顏料呢？』

疾風突然想到此事，疑惑地問道。「菖蒲小姐」微微一笑。

『天空不是只有藍色唷。』

她唱歌似地說出了奶奶說過的話。

『對了，是太陽……還有雲。』

「菖蒲小姐」讚賞地點頭。
『我還發現了一件事喔。』
『什麼事呢？』
『水應該是透明的，但是河流、池塘、海洋看起來都是藍色的。』疾風深吸一口氣。『那是因為反映了天空的顏色！』
「菖蒲小姐」出神地盯著疾風好一陣子，然後深深地點頭。

5

我覺得這個故事很棒。少年偷藍色顏料的動機非常溫馨感人。故事標題〈天空的藍〉還會讓我想到若山牧水的短歌。

天色藍，海色藍，白素海鷗形影單，海天獨愴然。

我很喜歡這首短歌。純白的海鷗和湛藍天空及蔚藍海洋形成鮮明對比，既美麗又哀愁。
無論是誰吟起牧水這首歌，都會把自己投射到海鷗身上。畢竟每個人都有自己的傷心事，而且每個人都是孤獨的。

我也是一隻孤零零地飛翔在海天之間的海鷗吧。想到這裡我不禁笑了。又不是契訶夫的作品。

佐伯綾乃小姐也會感到寂寞嗎？

好了，再回來談我的相簿吧。如今這本相簿裡一張照片都不缺，那個9X12公分的氣泡已經啵地一聲破掉了，但是氣泡破裂之後，還留下一句：「為什麼？」失蹤的照片藉著郵差的手再次回到了我的身邊。我第一眼看到寫在花草圖案可愛信封上的寄件人姓名時，完全想不起來那是誰。信封上沒寫地址，只寫了「橋本一美」。看到郵戳是來自廣島市，讓我非常意外，因為我在廣島並沒有熟人。直到翻開小學的畢業紀念冊，我才想起「橋本一美」這個名字。那是在六年級時轉來我們班上的同學，跟我並非特別要好。

我用剪刀小心地剪開信封，裡面只有一張包在薄薄信紙之中的照片。光看一眼我就知道了，那張照片是從我的相簿裡拿出來的。我的心裡還隱約留有一點印象。我想著「對耶，就是這張」。

那是已經褪色的彩色照片，大概是在附近的公園拍的，只是一張很普通的生活照，裡面有站在一起聊天的年輕媽媽們，抱著布偶、拉著母親裙襬的小女孩，攀在猴子造型遊樂設施的輪胎上的小男孩，當然還有蹲在中央的沙坑裡、一臉驚訝地盯著鏡頭的我。我注意到一件無關緊要的小事，照片中的我裙底走光了，內褲看得一清二楚。當父母的人真該多留意一點，別拍這種將來會讓孩子感到難堪的照片。

總之我終於搞清楚相簿裡的那塊空白放的是什麼照片，但也出現了更多不明白的事。

那張照片是經由什麼途徑跑到了橋本一美的手上？還有，為什麼照片隔了這麼多年又回到我的手上？

我試著用畢業紀念冊和作文簿喚醒模糊的記憶。這是非常艱澀的任務，但我還是多多少少回想起一些片段。

一美是在六年級的第一學期過了一半時才轉來我們班上的。她之前住得並不遠，只是新家稍微超出了她原先的學區。我在班上算是比較矮的，而她比我更嬌小，留著像是用尺量出來的整齊妹妹頭，或許是因為這樣，她看起來比實際年齡更幼小。

雖說新學期才剛開始不久，但我們這一班的人從五年級就在一起，小圈圈已經大致底定了，轉學生必須自己找個團體融入，後來她很自然地加入了我們這一群。要描述的話，我們算是比較內向、比較和平的一群吧。

在我的印象中，她是個非常笨拙的女孩。在上家政課時，就連不擅長縫紉的我都覺得她縫的東西歪七扭八的；上烹飪課時，她連打蛋都打不好，總是把蛋黃弄破，而且她不敢拿菜刀，也不會點瓦斯爐。當時烹飪教室裡放的是要用火柴來點火的舊式瓦斯爐，不會用的人還不少。除此之外，她非常怕實驗教室裡的酒精燈和本生燈，怕到連碰都不敢碰，總是要別人幫忙點，她自己則是躲在後面看。

不過她也有強硬的一面。有一次健康教育課要講「懷孕與分娩」，老師告訴大家那天要帶媽媽手冊（註4）。

「我出生時是三千六百公克。」

「哇，好重喔。我只有兩千七百公克。」

「我是四千兩百公克唷。」

就像這樣，班上同學興奮地聊起了各自的出生體重。在這一片祥和之中……

還有一個男孩這樣說，大家都流露出崇拜的眼神。如今想想，我只覺得他的母親一定吃了不少苦頭。

全班只有一美沒有帶媽媽手冊。

4　日本法律規定懷孕後必須向區公所領取手冊，用來登記個人資料、懷孕月數、產檢紀錄、孩子預防注射紀錄等等。

「我忘記了。」
她咬著下唇低聲說道。
「橋本同學，妳真的忘記了嗎？」
老師又確認了一次。她很小聲、但又很堅定地重複了一次：
「我忘記了。」
她的表情看不出學生在粗心犯錯時會有的驚慌。雖然她的聲音細若蚊鳴，卻又抬頭挺胸，一臉傲然。同學們看到她的態度都開始竊竊私語，但老師立刻開始上課，所以這件事就到此為止了。
對了，她來過我家一次，但我不太記得這事情是怎麼發生的。我找不到話題，於是便做了和第一次來家裡玩的朋友會做的事──看相簿。
她本來不太感興趣，但是看到後來還專注地自己翻了起來。後來媽媽有事找我，我就離開了一下。
一美必定是在那時候抽走了相簿中的一張照片。
但是她為什麼要這樣做？還有，為什麼事到如今又歸還照片？
我想了很久，還是想不通。

6

後來我在機緣巧合之下聽到了關於一美的傳聞。某天我在路上遇到了國小國中都和我同校的女孩，就站在路邊聊了起來。

「妳相信嗎？」

她用力地揮舞著雙手。我想起來了，她從以前就是這樣唱作俱佳的人。

「我們的同學之中已經有人結婚了耶。」

她說道。

「哇塞，是誰啊？」

我驚訝地看著她。對現在的我而言，結婚這個詞彙聽起來好遙遠。

「是橋本同學。妳還記得吧，就是一美啊，半路轉學過來的那個……」

她大概以為我早就忘了（若是沒有收到她的信，我恐怕真的記不得），所以說了兩三件關於一美的事來幫助我回憶。

「……聽說她高中沒讀完就休學結婚了。還有啊……」她壓低了聲音。「她最近生了孩子呢，是個女兒。」

後來她又說了其他幾位同學的近況，但是沒有一件比一美的傳聞更讓我吃驚。或許這事不值得我這麼驚訝。十六、十七歲結婚並非多麼罕見的事，十九、二十歲就生孩子的人也多的是。現代社會的女性的確是越來越晚婚，但是在以前那個年代，十四、十五歲結婚是理所當然的。有一首歌是這麼唱的：

『姊姊十五歲出嫁……』（註5）

說不定這個年齡只是為了湊數，實際上還更年輕。以前的女性在現代觀點看來還是孩子的年齡就要結婚了。

不過，那種生活對現在的我而言確實很遙遠。

我一直在父母的庇蔭下安穩地過活，而一美居住在廣島，依照我的地理概念來看也很遙遠，而且她如今已經是某個我不認識的男人的「妻子」，甚至成了「母親」。

這真是令我驚愕的事實。

難道她不怕嗎？就算離開父母，就算高中休學，她都覺得無所謂嗎？要跳入婚姻這個未知的世界，她一點都不猶豫嗎？

在現代人的眼中，十九歲算是還能自稱孩子的最後界線。那條白線鄭重地宣告著：「你很快就不能再自由選擇孩子或大人的身分了。」

一美卻在離那條線還很遠的時候，就爽快地拋棄了孩子的身分，如同毫不眷戀

5　出自日本兒歌「紅蜻蜓」。

地丟棄穿破的舊鞋。

這件事讓我消沉了好一陣子，連我自己都不明白為什麼。我簡直像小熊維尼一樣，動不動口頭禪就變成：「喔，煩耶！」

我在旁人的眼中的形象一直都是「極度的樂天派」，大家都覺得我總是笑嘻嘻的，好像沒什麼煩惱，有些嘴巴不饒人的朋友還會說我「無憂無慮、成天傻笑」。

或許是因為這樣吧，我一旦安靜下來，大家都以為是健康方面的問題，紛紛問我「是不是肚子痛」、「是不是重感冒了」。我很感謝他們的關心，但他們的關心搔不到癢處又讓我覺得很悲哀。

我在圖書館裡發呆時，富美走來坐在我旁邊。

「妳最近好像無精打采的。怎麼了嗎？」

「沒什麼。」

我機械式地翻著完全看不下去的書。

「喔……」

富美盯著我看，隨即拿出自己的書，專心地閱讀。我很喜歡富美這一點，她不會客氣過頭，也不會把好奇心包裝成親切。她沒有繼續追問下去，讓我鬆了一口氣。

一時之間，我們之間只能聽見翻頁的沙沙聲。

我偷偷瞄向富美，她一手撐著臉頰，另一隻手除了偶爾翻頁，或是撥開落在額上的頭髮之外，一直擱在桌上。她的手臂是健康的小麥色。她抬起手，用指尖敲著下巴。看到那曲線完美的額頭和鼻梁，我突然意識到自己很羨慕她。

「幹麼？」

富美突然望向我，對我露齒一笑。

我被她看得有些不好意思。富美盯著我，臉饒有興致的笑意。

「我對任何人而言都是第二吧。」

為了掩飾害羞，我脫口說出了這句話。

「什麼第二？」

「在任何情況，對任何人而言，都是第二。」

富美眨眨眼，像是在等我說下去。

「我是次女啊，第二個孩子。」

「那是對父母而言吧。」

我含糊地搖搖頭。

「不只是對父母而言。這一定是我的錯，妳想嘛，我還滿會交際的，所以沒有人討厭我，但從另外一個角度來看，我也不會是別人最喜歡的人，頂多只是第二或第三。我知道，這都是我自己不好。」

話一說出口，連我自己都有些訝異。原來我是這樣想的。我也大概明白自己消沉的原因了。

說穿了其實也沒什麼，我只是羨慕橋本一美罷了。因為她丈夫把她視為第一，而她也把丈夫視為第一，所以她才能夠毫不猶豫地結婚。

「我看過一本雜誌。」我繼續獨白。「裡面有一篇文章說不談戀愛的人不值得信任。因為要談戀愛就得放下自尊，不談戀愛就代表不能放下自己，不能割捨自己，所以不值得信任。」

我自嘲地嘿嘿笑著。「所以我永遠都是第二。」

富美的手指撫過我的頭髮。

「妳希望聽到誰說『小駒是第一』嗎？」

她的語氣太溫柔，以致我不知道該怎麼回應。富美又漫不在乎地繼續說：

「這確實是妳的錯。『不被討厭』和『成為某人最喜歡的人』完全不一樣喔。妳應該是很害怕被人討厭、被人懷恨，才會選擇這種生活方式吧。」

我愣愣地看著富美。

「我……」

「要我說的話，妳真是太狡猾了。妳不在就會有人問起『小駒呢？』，妳心情不好就會有人問妳『身體不舒服嗎？』，明明受盡大家的寵愛，這樣妳還要抱怨，實在太不知足了。」

「可是……」

我欲言又止。「我就是想要成為別人最喜歡的人嘛，我又有什麼辦法。」

富美燦然一笑。「這才是妳的真心話吧？」

我聽得臉都紅了。富美像是渾然不覺地交握起小麥色的手指，伸直雙臂。

「遲早會出現的啦，以後一定會有人說『我最喜歡的就是小駒了』。」

「……真的嗎？」

我轉開視線，懷疑地喃喃說道。

「真的啦。」

富美肯定地回答。不是敷衍的安慰，也不是信口開河，而是自信滿滿地斷言。

為什麼我不能生得跟富美一樣呢？

我如此想著，像個哭著討月亮的孩子。

「嘿，小駒。」

富美直視著我說。

「嗯？」

「我準備結婚了。」

我突然聽不懂她在說什麼。

「……啊？」

過了好一陣子，我才呆呆地回應。我感覺自己像顆漏氣的皮球。

「我決定要結婚了。」

她一字一頓地慢慢說道。

後來回想起來，我還是不理解自己當時為何會有那種反應。我沒想到自己竟然那麼脆弱。

我完全顧不得害羞，直接哭了出來。

「哎呀，這有什麼好哭的嘛，小駒。說是準備結婚，其實還很久啦，至少也要等到畢業之後。」

富美像個保母一樣溫柔地說著。

「妳是第一個知道這件事的朋友喔，妳應該覺得光榮才對。」

她露出戲謔的笑容。

「為什麼……？」

「因為小駒是特別的啊。」

我真不知道該哭還是該笑，最後決定兩個一起來，搞得非常滑稽。

「嘿嘿……那妳就不工作了吧？」

對方談了這麼重要的事，我卻問了最不重要的問題。這句話透露出我把別人的人生想得跟自己的一樣簡單，這更讓我覺得羞恥。

「為什麼不工作？」

富美不理解地問道。「結了婚還是可以工作啊。」

「……說得也是。嗯。」

「妳怎麼不多問一些？譬如對方是怎樣的人啦，是怎麼認識的。」

「妳想要被問嗎？」

「唔……要看是誰啦。」

富美說完就吐了舌頭。

「也是啦。」

我想了一下才說：「下次再好好問妳吧，等我把心情整理好之後。」

「幹麼搞得這麼正經？」

富美笑了。和她以前的笑臉不一樣。但這或許只是我先入為主的看法。

「恭喜妳。」

我終於說出了這句話，其實一開始就該說了。

但是我的心裡充滿了連自己都不明白的複雜情緒，以至於眼淚比祝賀搶先一步跑出來。

真討厭，我實在太不成熟了，而且我能把不成熟當成藉口的年紀都快要過去了。將來的某一天，我是不是能用寬容的態度回顧今天的自己呢？

關於這一點，我有時還挺悲觀的。

從「未成年人」的角度去看這個世界，可以發現並非所有大人都是成熟的人，這讓我變得更加悲觀。

但我真的好喜歡富美的直率，就像一根不斷向天空生長的枝枒。看到她抬頭挺胸、注視著目標往前邁進，看到她變成這樣成熟的女人，我應該可以對自己的未來更樂觀一點吧。

因為富美說了我是特別的。

之後的幾天，我一直想著這些事，偶爾也會想到橋本一美的事。

國小畢業之後從沒見過的她，對我來說就等於另一個富美。我無法否認，我羨慕她就像羨慕富美一樣，但又不完全是這樣。

而且我依然不懂。

為什麼一美要偷走（我討厭這個詞，但這是事實）我相簿裡的照片？還有，為什麼她事到如今又把照片還給我？

我不斷複誦著這些想過無數次的疑問。

這些問題一定有答案，而且我認識一個解得開這些謎題的人。

不過我當時寫信並不只是為了知道這些小小謎題的真相。我無法對人說出心中那些想法，就算說了也不保證對方聽得懂，但我覺得，如果用寫的，如果對方是佐伯綾乃，一定可以被理解吧。

7

敬覆者：

隔了這麼久又收到您的信，讓我非常開心。

這封信和前兩次不同，寫的都是您心底深處的想法。我和您素未謀面，卻能聽到您如此真摯的分享，真是令我備感光榮，能如此受您信任，也令我受寵若驚。另一方面，我又不禁自問，我真的是值得您這麼信任的（如您所說的）「成熟大人」嗎？我想自己或許沒辦法挺著胸膛這麼想吧。

這個世界上會有人覺得自己完美無缺嗎？

說不定真的有吧，但我至少確定我不是其中一人。

我在想，或許我和您還挺像的。

因此，我無法如您期待的那樣高高在上地給您指引，請容許我和您一樣站在地面接住您拋過來的球吧。

您對於十九歲的感慨，以及心中那些氣泡般的空隙，我全都看在眼裡了。我也明白，您想要從我這裡聽到的絕對不是長篇大論的人生大道理。

十九歲這個年齡是我已經走過的一站。（至於那是幾年前還是幾十年前的事，應該沒有必要說明吧。）看了您的信，我也不禁開始回想自己十九歲的時候都在想些什麼。我敢說，我當時也和您一樣懷著一股哀愁，雖然哀愁的形式與種類不太一樣。

「每個人都是在感傷之中長大成人的。」

我並不想用這種老生常談的說法來敷衍您。

現在我唯一能為您做的事，就是解答您的「為什麼」。

為什麼您相簿裡的照片不見了？我相信，這個答案一定能帶給您步入二十歲所需要的勇氣。

拿走照片的人是誰，這點應該沒有質疑的餘地，也沒有理由懷疑歸還照片的是另一個人。

所以問題只在於「為什麼」，也就是對方的動機。

為什麼您的國小同學橋本一美要拿走您的照片呢？為什麼事隔多年又把照片還回來呢？

您在信中提過好幾次這些疑問。

想要找出答案，就得從一美的心態看起。

她想要那一張照片的理由是什麼？

如果是還不懂得分辨善惡的幼童也就算了，小學六年級的學生應該已經可以分辨自己做的事情是好還是壞，她明知這是壞事，卻還是做了，可見她一定有很重要的理由。

人通常會想要喜歡的人的照片。那麼她是因為喜歡您，才想要您的照片嗎？

確實有這個可能。但若真是如此，為什麼她沒有選擇年代比較近的照片呢？相簿裡應該有很多近照，而且拿近照也比較合乎常理，但她卻挑了您幼兒時期的照片，這點相當令人費解。

關於這點，在您所能想到的片段記憶之中，是不是有解開這個謎題的鑰匙呢？

在回憶她的事情時，您提到了她是個笨拙的女孩。

您說她不會開瓦斯爐，也不敢點酒精燈和本生燈，這兩件事之間顯然有個共通點。

那就是她很怕火。理由是什麼呢？

再來，是媽媽手冊的事。

老師要求大家帶媽媽手冊來當作教材，她很堅持地說「忘記了」，老師又確認了一次「真的忘記了嗎？」，結果卻沒有處罰她，直接開始上課。從教育的角度來看，老師當時的態度會對其他同學造成不良的示範，這點很不尋常。

這多半是因為老師知道一些其他同學不知道的事。

或許您已經發現了吧？

一美的家大概遭到火災，她會在學期中轉學想必也是因為這件事。

幸虧家人都平安無事，但他們家蒙受的損失恐怕大到難以估計。確實有些災害損失是大到連火災險也補不回來的。

令人感傷的是，損失的東西還包括「回憶」。畢業證書、作文、收藏的錄音帶……這些東西都是找不回來的，媽媽手冊也一樣。除此之外，當然還有從出生以來的照片。

「發生火災時該拿的不是錢或其他東西，而是相簿。」

旁人或許可以這樣說，但他們一家人能保住性命已經是萬幸，根本顧不得拿相簿。在那種火燒眉毛的場合，鐵定想不了那麼多的。

「人活下來就夠了。」說是這樣說，但是失去一切的寂寞感是不容小覷的，往往是失去那些東西之後，才會發現那些細微的東西給了自己多大的支撐。

好啦，再回來談您的相簿吧。

想要一張照片的最大理由會是什麼呢？還有，會想要留在身邊的是怎樣的照片呢？

不用說，當然是拍了自己的照片。

請您再看一次那張照片。

那是在您家附近的公園拍的生活照，遠遠的後方站著一個抱著布偶的小女孩。

您明白了嗎？

那個小女孩就是一美。她或許是看到了同時被拍到的母親，以及自己小時候最愛的布偶，才發現了那個小女孩就是她自己。

您有整整兩本幼年時期的照片，而她一張都沒有。所以她有充分的理由從裡面拿出一張放進自己的口袋。

事後她一定覺得很內疚，或許她也多次想過要把照片還給您，結果直到畢業都沒能歸還，她一定對此感到無比的後悔，只要看她一直保留著這張照片就知道了。不過那張照片既是她偷東西的證據，又是她的寶物，因為那是她絕無僅有的幼年時期照片，所以她才會一直捨不得還給您。

那麼，一美為什麼如今才歸還照片呢？

您多半也猜到理由了吧。

因為她已經結了婚，生了孩子，現在她有機會找回失去的東西了。

我可以想像，她一定會幫寶貝孩子拍幾十張、幾百張的照片，還會把媽媽手冊、嬰兒的臍帶、底片全都像寶物一樣收在一個箱子裡，到了危急之時，她必定會拚命保護她和孩子這些無可取代的物件。

一美已經不需要那張照片了。您收到的信封除了照片之外，也放進了「對不起」的心情，以及「我很幸福」的訊息。

她會繼續幫孩子拍照，繼續充實相簿的內容，而她心中的空隙也會漸漸被填滿的。

您很快就要從十九歲步入二十歲，之後又會步入二十一歲。

其實十九歲和二十歲之間的差別沒有您想像得那麼大，就像不經意地發現春天變成了夏天一樣，是再自然不過的改變。

最後，我要在此預言。

您終有一天會覺得「二十歲也不差嘛」。

四……在公車站

1

不知道是命運的捉弄還是怎樣，我走在路上老是會撞到東西。我的肩膀會撞上電線桿，被護欄的角勾破絲襪，腰部撞到桌子的情況更是不計其數，我甚至踢倒過垃圾桶，甚至一頭撞在門上。

因為如此，我的身上總是帶著大大小小的瘀青。

我那些善良的朋友們每次看到都會大笑，說我老是在走路時發呆。他們說得確實沒錯。

就算我這麼冒失，當我說出我要從四月開始上駕訓班時，大家都露出一副「就憑妳？」的表情，還是挺失禮的。阿蛋還誇張地嘆著氣說「日本的交通又要變得更危險了」，真是太傷人了。她自己剛滿十八歲就考到駕照，開著家人的車到處跑。照她本人的說法，她的駕駛技術「很高超」，但我還沒被她載過，無法判定這句話的真偽。

至於我的動機，絕不只是為了讓履歷表的「證照」欄位多些東西可以寫。這個理由大概只占了25％吧，剩下的75％是因為我的人生觀判定有這個必要性。

事實不就是如此嗎？

說不定我將來會住在荒涼的德州，又說不定我會因為某種機緣巧合而流落到阿富汗的沙漠。就算這些事的發生機率低到接近零，也不能斷定毫無可能，因為人生總是會發生一些意想不到的事。

就算不提這麼極端的例子，將來我說不定會搬去一天只有三班公車的窮鄉僻壤，或是搬去寬廣到難以想像的地方，這些事發生的機率就高多了吧。真的落到那種處境的話，會不會開車可是有著天壤之別。

「……會因為這種理由去考駕照的恐怕只有妳吧。」

聽過我的人生觀之後，小愛很感慨地這麼說。

換個話題吧。我非常受不了夏天，因為陽光太強，天氣熱到可怕，光是站著不動就會熱到頭昏腦脹，腦漿彷彿快要沸騰，壓迫著我的頭骨。

但是討厭夏天和喜歡暑假是完全不相干的兩回事。不久之前，快樂的暑假來臨了，雖然開學之後還得交報告，但是跟高中時代多到爆炸的暑假作業相比，這只是小兒科。回想起去年的暑假，我只有兩種選擇：不是汗水淋漓地聽著暑期講習，就是在冷氣超強的專題研討教室裡冷到起雞皮疙瘩。雖然很無趣，但高三生的暑假多半都是這樣度過的。

每次聽到別人批評「大學生都只想著玩」，我都會很想反駁：是誰從我們小時候就逼我們接受填鴨式教育，把終點的旗子豎立在大學的門口？又是誰告訴我們進了好大學就能開創美好的人生？肯定不是我們大學生吧。

不過，天生散漫的我就算得到了「不用被逼著用功的暑假」，也只會無所事事地過日子。說起來真有些不好意思，我並沒有特別想做的事，我最大的心願或許只是窩在自己的床上看書。可是我的房間沒有冷氣，所以我沒辦法整天都關在家裡。我可不想體驗玻里尼西亞的小豬被裹在香蕉葉裡放在石板上燒烤的感受。

我思考著自己能做些什麼事，最後終於決定繼續上駕訓班。老實說，這個月我一直蹺課，理由還真是難以啟齒，其實我四月底剛開始上課時就隱約感覺到自己不太適合開車。

「我是為了準備在一望無際、只有一條無盡延伸筆直道路的地區生活，才決定考駕照的耶。」

放暑假之前，我和阿蛋一起出去時這樣抱怨過。

「所以我說我不需要練習S型彎道、連續直角轉彎、倒車入庫，但駕訓班的教練說非學不可。」

「……妳因為這種理由而考砸幾次了？」

阿蛋冷淡地問道。

「我的筆試可是每次都過關唷。」

我避重就輕地回答。若是課程一直沒有進展可不妙，因為時間拖得越長，我的心和父母的錢包就會傷得越重。因此我實在不想再聽到別人的催促。

「那裡簡直是個鬼島，教練都像惡鬼一樣，而且上課的人太多，很難預約到時間，每次上課都已經隔了很久，所以早就忘了上次教過的東西。某次上課教到用ＡＢＣ來記憶油門（accelerator）、煞車（brake）、離合器（clutch）的順序，但是下週再去時，我根本不記得要從哪邊算起……咦？是從左到右？還是從右到左？」

「真可憐。」

「就是說嘛。」

「我是說教練很可憐，教到這麼笨的學生。」

我不高興地別開了臉。

「要妳管。對了，我上次寫給佐伯綾乃小姐的信裡也提到了駕訓班的事。」

「啊？你們還在當筆友啊？對方應該是大忙人吧，虧她有辦法應付妳到現在。」

「我們不算是筆友啦。」

「妳害羞什麼啦？真是個怪人。」阿蛋疑惑地盯著我，問道：「那妳寫了什麼？」

雖然阿蛋滿口抱怨，但是沒人會像她這麼認真地聽我說話。

2

我正在上的駕訓班位於交通很不方便的地方，不過他們有專門的接駁巴士，所以一點都不麻煩。公車站到處都有，而我家剛好處於兩個站牌之間，我一開始都是依照行程或心情來選擇要去哪一站。

我在信中提到的事情，就是發生在其中一個公車站。

那是個奇妙的地方，路旁有個狹小的廣場，駕訓班的接駁車會停在這裡。廣場後面有個細長的空間，圍著大約一百公尺長的鐵絲網，看起來像個死胡同。這是一個建造在自來水道上的公園，所以毫無新意地被稱為「水道公園」。面對公園的右手邊是一排擁擠的民宅，左手邊豎立著高高的鐵絲網，鐵絲網上每隔一段距離就掛著白色的牌子，上面寫著：

『US　ARMY　JAPAN』

那是美軍的住宅區。

後面有用英文寫的小字，或許是怕大家看不懂，還體貼地附上翻譯：

『美軍屬地，禁止擅自進入，違者依照日本國憲法處置。』

字裡行間透露出強烈的威脅之意，特別強調「日本國憲法」更是讓人覺得不舒服。

有時巴士來得比較慢，有時我來得比較早，所以我通常會在站牌等個十分鐘。在等待的期間，我都會呆呆望著這個俗稱「美國宅」的地方。

鐵絲網的對面簡直是另一個世界。地上鋪著整理得乾淨整齊的草皮，在自然又恰到好處的位置種植了一些好看的樹木。那片寬敞的空間蓋了一間間的獨立洋房，有偏暗的粉紅色、令人心情平靜的綠色，都是這類常見的色調。

而在鐵絲網的這一邊，日本人的住宅緊密地排列在一起，到處豎立著「通學區」和「注意小巷」的標誌，孩子因為在路上玩耍而挨罵，屋前擺著三色堇盆栽，四噸貨車轟隆隆地駛過，塵埃蒙上了花瓣。

我不是死忠的民族主義者，所以不會望著美國宅而興嘆，但我還是免不了為了鐵絲網隔開的兩個世界的差異而感慨。要形容的話，就像是看到家附近有個高級高爾夫俱樂部的感覺吧。

在寸土寸金的日本之中，真沒想到會在靠近市中心的地方看到這樣一片充滿綠意的廣大空間。遺憾的是這塊土地圍繞著高聳的鐵絲網和圍牆，還掛著「禁止進入」的牌子。

記得那時是四月底，我才剛去了駕訓班兩、三次的時候。當時我呆呆地站在公車站，突然發現水道公園有個奇怪的人影。那是個老婦人，看起來年紀相當大了。她的外表沒有任何奇特之處，看起來沉靜而優雅，像是一個慈祥的老奶奶。

然而她的行動卻很奇怪。她一步步地慢慢走向鐵絲網。鐵絲網邊種了一排杜鵑花，大紅色的花朵才剛開始綻放。老婦人突然穿過那排杜鵑花，在杜鵑花和鐵絲網之間蹲了下來。

（她在做什麼啊？）

一個優雅的老婦人會有這種舉動實在很詭異。

杜鵑花後方隱約露出了紮得整整齊齊的銀白色髮髻和她的臉孔，過了不久，髮髻在樹叢間緩緩移動。

（……嗯？？？）

難道蹲在那個狹窄的地方移來移去，會讓她覺得開心嗎？還是她有某種怪癖，喜歡用杜鵑花叢來搔背嗎？

在我思索時，那團銀白色的髮髻依然跳著幽默的舞蹈。後來接駁車來了，我疑惑地歪著腦袋上了車。

到車上我才想到，她會不會是在找東西？一定是有什麼重要的東西掉在那裡吧。既然如此，我當時應該主動幫她找才對嘛。我不禁有些後悔。

後來我又在同樣地方看到那個老婦人兩次，她還是樂此不疲地蹲在杜鵑花叢間。我非常同情她，心想她掉的一定是非常重要的東西。但我還是沒有幫她找，因為老婦人並不是單獨一人，她還帶著一個像是她孫女的小女孩。那兩人看起來一點都不焦急，反而還一副樂在其中的樣子，所以我也沒理由多管閒事。少女短短的頭髮在耳上綁成兩束馬尾，紮著紅色的大蝴蝶結，每當她站起來，兩個紅色大蝴蝶結就會出現在杜鵑花叢上。銀白色髮髻和兩隻紅蝴蝶配在一起，讓畫面變得更幽默了。

我下一次看到她們時，女孩紮了水藍色的蝴蝶結，她拿著小小的玩具鏟子在沙坑裡挖土。接著老婦人出現了。沙坑距離公車站不遠，所以我自然聽得到她們說話。

「今天也要麻煩妳喔。因為奶奶的手太大了，要借用小千的小手才行。」

少女精力充沛地站起來，回答「嗯」。水藍色的蝴蝶結翩翩晃動。

（手太大？小手？）

我再次不解地望著老婦人的手。奇怪的是，她的手上握著一雙免洗筷。

那兩人在找的究竟是什麼東西呢？

我愣愣地不斷想著這個沒有答案的問題。水藍色緞帶在杜鵑花叢後方搖曳著，就像兩隻水藍色的蝴蝶。

3

一想起當時的事，我就會聯想到《七個孩子》的第四篇故事——〈藍蝴蝶〉。

有一段時間，捉昆蟲的熱潮像痲疹一般感染了所有孩子。其實小孩本來就喜歡追著昆蟲跑，但是大家這麼熱中是有理由的。有一位少年抓到了罕見的蝴蝶，那隻蝴蝶很大，翅膀攤開將近十二公分，外型看起來很像鳳蝶，卻是鮮豔的水藍色。沒有一個人見過這種蝴蝶，昆蟲圖鑑上也沒有記載，所以有人猜測這可能是新品種，還引發了一陣騷動。

之後孩子們都拿著捕蟲網跑到野地和山上，抓到獵物之後就用標本針固定，整齊排列在空盒裡。動作敏捷的少年都有幾個像這樣的盒子，還會得意洋洋地拿去向大家炫耀。但是沒有一個人抓得到藍蝴蝶，甚至連見都沒見過。

疾風從來都不是個敏捷的孩子，他一直抓不到獵物，就這麼一路找進深山，還很可憐地迷了路。太陽漸漸西沉，天色越來越黑。正當他不知所措時，黑暗之中出現了如夢似幻的藍蝴蝶。疾風連害怕都忘了，拚命地追趕，不知不覺又回到了熟悉的道路，最後順利地回到家。而那藍蝴蝶彷彿被夜色吞噬，不知道飛到哪裡去了。

少年們對蝴蝶的熱情漸漸冷卻，除了一直找不到稀有蝴蝶以外，還有更關鍵的理由。螞蟻鑽進了標本盒，把獨一無二的藍蝴蝶標本啃噬得七零八落。少年們看見這種慘狀都嚇得啞口無言，非常同情標本的主人，對夢幻蝴蝶的熱情也自然而然地消退了。

「然後疾風依照慣例又跑去向『菖蒲小姐』報告。」

「可是這次又沒有發生什麼怪事，應該沒有『菖蒲小姐』出場的餘地吧？」

一直耐心十足聽我說話的阿蛋忍不住插嘴。

「事情可沒這麼簡單喔。」我以故弄玄虛的態度搖著頭說。「其實藍蝴蝶不存在，世上根本沒有藍蝴蝶。」

「那麼蝴蝶的標本是怎麼來的？」

「那不是蝴蝶……應該說，那既是蝴蝶又是蛾，但換個角度來看，那既不是蝴蝶也不是蛾……」

我解釋得不清不楚，阿蛋也聽得一頭霧水。

「菖蒲小姐」告訴疾風，希臘神話裡有一種怪獸叫做喀邁拉，牠的上半身是獅子，中間是山羊，下半身是蛇，像是移花接木製造出來的生物。無獨有偶地，還有半人半馬的生物，以及上半身是山羊、下半身是魚的生物。她說：

『以前的人會藉著想像力，把現實的動物拆開來重新組合，創造出不存在於真實世界的可怕怪物。』

有一種蛾叫做大水青蛾，有著水藍色的漂亮翅膀。所謂的藍蝴蝶，其實是用鳳蝶的身體和大水青蛾的翅膀拼湊而成的。

那位少年一開始只是想要惡作劇，可是大家都為之瘋狂，事情越鬧越大，他實在說不出蝴蝶是假的。少年苦思了很久，最後決定故意把標本放在螞蟻出沒的地方。

「原來如此。」

阿蛋露出難以形容的表情。「人本來就有一種殘酷的天性，但我還是覺得好不舒服。」

「對了，三好達治不是有一首詩寫到『螞蟻拖行著蝴蝶的翅膀』嗎？」

「妳是說『啊啊，如同帆船一般』那首？」

「嗯。我本來很喜歡那首新詩，可是看了那本書之後……」

「喔喔，我懂。」阿蛋點著頭說。「我看到螞蟻搬運昆蟲屍體的畫面也會覺得頭皮發麻。對了，炒芝麻。」

「怎樣？」

「我覺得妳還是應該繼續去駕訓班，畢竟妳都去了那麼久。」

「可是……」

「不要半途而廢。」

阿蛋有些嚴肅地說道。

「也是啦。」我勉強地點頭。「如果放棄的話，之前那些錢就白花了。」

所以我到了暑假就決定繼續上駕訓班。

4

鈴～鈴～鈴～

遠方傳來了鈴聲。我一開始還以為是鬧鐘，但我的鬧鐘自從進入暑假之後就毫無用武之地，只是丟在一旁積灰塵。那麼，剩下的可能性只有電話鈴聲了。

我在床上輾轉反側，用念力傳送著（誰快點去接啊，快去接啊）的想法，但電話還是響個不停。

這時我才想起，爸爸去上班了，其他四人昨晚都說過要各自和朋友出去玩，也就是說，家裡沒有人接收得到我的念力。我像一隻心情惡劣的貓，唔唔低鳴著爬下了床。平時我們家總是人滿為患，像今天這樣空蕩蕩的還真罕見。

「喂，這裡是入江家。」

我努力擠出友善的語氣。

「小駒啊？」是媽媽。「我現在在車站。我忘記告訴妳了，陽臺上還晒著棉被，天氣變熱之前要收進來。午餐妳就自己解決吧。如果要出門，記得先檢查門窗和瓦斯……啊，是妳的話應該不用擔心。」

沒錯，在這方面我是全家最值得信任的一個。只要看到有人浪費電，或是看到水龍頭在滴水，我就無法忍受，所以家人都稱我為「節能駒子」。要出門之前，我甚至會檢查廁所窗戶有沒有鎖好。自己說這話有點不好意思，但我的謹慎個性在現代的年輕人之中確實很少見。也不知道這種個性是好是壞，因為我不只一次還沒確認浴室裡有沒有人就關掉電燈，搞得家人都很頭痛。我會被稱為「關燈狂駒子」就是因為這件事。

不管怎麼說，我確實是日夜匪懈地守護著地球上有限的資源。自稱「生態學家駒子」的我聽完媽媽交代的事項，乖乖地回答「好的好的」之後，還不忘要求她帶伴手禮給我。

「妳今天要去中華街吧？要記得買肉包回來喔。」

母親回答「是是是」。

我掛斷電話，看看時鐘，現在已經十點了。我的生活還真墮落。如果沒有特別的計畫，我幾乎每天都是這樣過的。但我懶得反省，只是輕鬆地想著上午要做些什麼。

「今天永遠是嶄新的、尚未犯錯的一天。」

我喃喃念著《清秀佳人》的對白，哼著歌走下樓。剛起床就活力十足也是我的一項優點。

總之先來泡杯咖啡吧。我才剛拿起熱水壺，電話鈴又響了。

「喂，這裡是入江家。」

我輕鬆地接起，這次是小愛打來的。她在我的朋友之中算是很愛講電話的那一種，沒事也會打給別人聊天，而且一聊少說就要三十分鐘。我講電話講得太久時，媽媽都會用銳利的眼神盯著我，害我還得比手畫腳地表達「是對方打來的啦」。

「怎麼一大早就打電話來？有什麼事啊？」

我姑且問問看。果然不出我所料……

「沒有啦，沒什麼特別的事，只是有點無聊。大家都出去玩了，沒有人在家，但我知道妳一定在。」

她如此說道。看來我的朋友都覺得我是個大閒人，真是不甘心。

「小愛，妳不是說暑假都要待在輕井澤的別墅嗎？怎麼還在家裡？」

「沒有啦，我已經在輕井澤了。可是和家人來這種地方根本沒什麼好玩的，我都無聊死了。」

我只能回答「喔，這樣啊」。

「對了，妳學開車學得怎樣了？」

小愛像是突然想到似的，天真地問道。真是的，越是不想提的事越容易被人問起，而且最近每個人都會問我這件事。我現在才開始後悔，當初真不該傻傻地四處宣傳。

「唔，還好啦……」

我回答得很含糊籠統，然後便聽見話筒的另一端傳來笑聲。我嘆著氣說：

「我最近開始覺得，或許我的人生什麼都不會發生。」

我以前相信「人生什麼事都有可能發生」，但是上了駕訓班以後，我的人生觀就開始走樣了。別說是德州或阿富汗的沙漠了，或許我甚至沒機會去到只有一條直路的鄉下，只會在和現在差不多的地方過完這一輩子。說不定我一生都會過得平凡無奇。我開始這麼相信了。

「喔，妳是說那個啊？」

小愛接著說。她顯然誤會了什麼。

「我說小駒啊，我在電視上聽過一句話：『人生就像公車站，只要等下去遲早會等到』。」

「什麼東西？」

我訝異地問道。

「就是真命天子啊。」

若是用少女漫畫來表現，小愛這句話的最後應該會加上一個愛心符號。

「喔，妳是說那個啊。」我終於明白了。「真的會那麼順利嗎？簡直是天上掉下餡餅。」

「至少說這句話的人是這樣的吧。」

「真的有這種例子嗎？」

「大概吧。但我覺得，即使等到公車來了，那輛公車也不見得會開到我想去的地方，又或許還得繞一大堆路才會到達。在這種情況下，或許有人會選擇繼續等自己想要的那班車，有的人則是會勉為其難地上車吧。」

小愛偶爾會像這樣談些深奧抽象的理論。我聽了之後突然覺得很擔心。

「也有可能等了半天，卻一輛車都沒來吧？譬如公車的營運處倒閉了之類的。」

小愛聽得大笑。

「小駒，現在就放棄還太早啦。」

她這句話不知道是鼓勵還是安慰。

5

結果我們聊了將近一個小時。我餓得肚子咕嚕叫，就胡亂找些東西來吃，一併解決了早餐和午餐。我一邊吃，一邊還想著剛才那通電話花了多少錢，不過這件事還輪不到我來操心，小愛想必打從出生以來都沒考慮過電話費的問題。

為了上駕訓班，我又去了公車站。今天的濕度特別高，汗濕的上衣黏在背上，感覺好不舒服。公車站已經有人在等車了。在美國宅這一站等車的通常只有我一個人，我覺得彷彿自己的地盤被人入侵，就站在十公尺外的距離仔細觀察那人。

那是個年輕的男性，可能比我大個兩、三歲吧，但我不太確定。我老是猜不準別人的年齡，有時還會差到五歲之多。這就不管了，那個男人非常高，但他彷彿不好意思長太高似的，站得彎腰駝背，遠遠看起來就像個問號。天氣明明這麼熱，他卻一副清爽舒適的模樣，真叫人不痛快。

我站在離站牌三公尺遠的地方，不經意地望向美國宅的鐵絲網。今天沒看到老婦人和少女。我不知為何感到很不自在，便從包包裡拿出《自動車筆試詳解》來看。就算是為了面子，我也絕對不能考砸筆試，所以我讀得非常認真。多虧了填鴨式教育的訓練，我最擅長的就是背書。結果幾乎滿分過關，算是稍微滿足了我的自尊心。

先到公車站的那個人用一種漫不在乎的姿勢靜靜地站著，我一度意識到他在看我，也有可能只是我神經過敏。

突然間，一滴水珠落在翻開的課本上，接著又是一滴，隨即下起了傾盆大雨。我看到的這頁正好提到「雨中駕駛」。

我急忙從包包裡拿出摺疊傘撐起來，同時還偷偷瞄向旁邊那人。他似乎沒有帶傘，但他卻不以為意，雨滴毫不留情地落在他的短髮和白色T恤上。

我的腦袋開始迅速地運轉。這種時候我該怎麼做才好呢？若無其事地繼續撐著傘嗎？這樣好像太冷漠了。可是，要開口邀請年輕男人一起撐傘需要很大的勇氣。我突然想到，小學的時候有人把我和班上某個男生的名字寫在愛情傘的塗鴉下，讓我覺得受到了奇恥大辱。對了，《清秀佳人》裡面好像也有類似的情節。

正當我胡思亂想的時候，雨勢漸漸增強了。夏天的雨就是這麼討厭，都不給我時間思考。我終於下定了決心。

「那個，不嫌棄的話就一起撐吧。」

我走向那個男人，舉高雨傘幫他遮雨。他吃驚地抬起頭來，然後微笑著說：

「謝謝妳，不過接駁車已經來了。」

真是愚蠢斃了。這就是所謂的唱獨角戲吧。

很不巧的是，車上只有一個雙人座是空著的，所以我只好跟他坐在一起，心中連連叫苦。或許對方也是這麼想的吧。不過他還是那副漫不在乎的神情，至少從外表看不出來他有半點不高興。

「雨下得真大。」

他一邊看著窗外，一邊喃喃說道。我本來以為他只是在自言自語，結果他卻轉過來望著我，像是在等我回答，我急忙搭話：

「是啊。這種天氣很容易發生水漂現象（hydroplaning）。」

「水漂……？」

他訝異地反問。

「水漂現象就是說在雨天高速行駛時，輪胎和地面之間會形成水膜，導致打滑的現象。這種時候方向盤和煞車都會失靈，非常危險。這就是水漂現象。」

「哇，虧妳記得住這些事。」

他一副很佩服的樣子，這也沒什麼大不了的，因為我剛剛才在書上看過。不過，這或許是個好方法。內容姑且不論，這樣至少不會無話可說。我繼續說道：

「還有熱衰竭現象。如果長時間行駛下坡路段，煞車使用過度，那麼煞車鼓、煞車蹄片、煞車皮就會變得過熱，導致煞車失靈。」

「……哇喔。」

對方顯然不知道該接什麼話。

「此外還有蠕動現象。如果排檔桿不是放在P檔（停車檔）或N檔（空檔），就算不踩油門，車子也會前進。」

「真是五花八門的現象呢。」

「還不只這些呢。有一種情況叫做駐波現象，這是由於胎壓不足……」

我突然感覺到一陣輕微的震動，轉頭一看，那個年輕男人笑到肩膀顫抖。我不禁紅了臉。

「妳把課本記得這麼熟，筆試一定沒問題的。」他親切地說道。

「是啊，考筆試的話應該沒問題。」

我無力地點頭。

令我欣慰的是巴士濺起了一大片水花停在駕訓班的門前，讓我不用再絞盡腦汁地思索開車時還會發生什麼現象。

這場夏天的陣雨很快就停了。

「啊，小心積水喔。」

我正要走下階梯，先下車的青年體貼地提醒我說。

「……謝謝。」

我一邊小聲致謝，一邊從容地跳過水窪……我本來以為跳過去了，不知怎的竟然一腳踩進水窪的正中央。

在取名為「零點一秒的世界」的照片裡經常看得到牛奶王冠，也就是牛奶濺起王冠形狀的漣漪。此時我的身邊也濺起了髒兮兮的巨大漣漪。

看到我的裙襬不住地滴水，那位好心提醒我的青年扭曲著面孔，像是死命地忍住笑意。我只好用嘿嘿嘿的傻笑來打混過去。

忍耐到極限的青年終於笑了出來，肩膀又開始顫抖。此時我才從正面清楚地看見他的臉。突然間，我覺得似乎在哪裡見過這張臉，但我完全想不起來是在哪裡、在什麼時候，所以大概只是我記錯了。

「入江小姐！」

雨後的空氣中傳來了一個女高音。我回頭一看，從另一個站牌下車的三瀨小姐發現了我，正朝我走來。她是我在駕訓班認識的朋友，比我大一歲，讀的是四年制的大學。

「好久不見，妳進展如何？我還沒有通過結業考試……」

她發現我身邊的青年，突然停了口。青年輕輕抬手，說句「告辭」就走掉了。

「嘿，剛才那個人是誰啊？」

三瀨小姐眼睛發亮，好奇地問道。

「不知道……只是路過的。」

我淡淡的回答似乎讓她有些失望。

所謂的人生多半也像這樣吧。

6

人生有時也會帶來一些意想不到的贈禮。

幾天後，我再次來到美國宅旁的公車站。這次我不是要去上駕訓班，而是因為佐伯綾乃小姐的回信。

鐵絲網旁邊仍是一排的杜鵑花。在這個時期，沒有一個人會朝這裡多看一眼。在初春時長得鮮綠茂密的葉子如今帶著些微的焦黃色，看起來死氣沉沉的。

我走近那片杜鵑花叢。那裡有一道空隙，大概是因為老婦人和少女進進出出而形成的路。公園裡看不到這兩人的身影。我一邊注意著裙襬，一邊擠進花叢中。

「哇塞！」

我不由得發出驚嘆。

萬壽菊、矮牽牛、蜀葵、一串紅、千日紅、孤挺花、非洲菊、鳳仙花、大花馬齒莧、瑪格麗特……各種不同顏色的花朵爭奇鬥豔地綻放著。

「好漂亮……」

這片景象美得讓我忍不住驚嘆。

橘色、粉紅色、各種不同濃淡的紅色、黃色、白色……如同擠滿顏料的調色盤，我的眼前布滿了鮮豔的色彩，還能聞到陣陣奇異的香味。

這是一個祕密花園。我想起了小時候看《祕密花園》（註6）時，一直很渴望能親眼看看那座花園。這個孩提時代的夢想竟然真的實現了。

我興奮得全身顫抖，抓住前方的鐵絲網。那片鐵絲網上也纏繞著不同品種的牽牛花，每一株都努力朝著天空攀爬，感覺充滿了生命力。

這些爬藤植物從遠處看起來大概只像虎葛吧，但它們毫無顧忌地攀上了人類禁止攀爬的鐵絲網，一路延伸到頂端。我原先想像的是凋萎牽牛花的花瓣濕潤地貼在鐵絲網上的模樣，如今眼前卻開滿了深紫色和藍色的漂亮花朵。

我深深吸著那甜美得令人心神蕩漾的空氣，然後拿出綾乃小姐的信。我想在這個地方再讀一次。

7

敬覆者：

我津津有味地看完了您的信。

6 英國作家法蘭西絲・霍森・柏納特所寫的童書。

那老婦人和孫女的奇怪行動確實很有意思，您把她們兩人一連串的行動解釋成是在找尋某件重要的失物，但她們不厭其煩地找了兩、三個星期，您不覺得這未免太執著了嗎？若是那件東西如此重要，又怎麼會掉到杜鵑花叢裡呢？

說不定那兩人並不是在找東西……不，她們也可能是在找東西，但她們要找的並不是有形之物。

在讀信的時候，我的心中浮現了一個想法，後來我還親自去了您說的那個公車站。如果我猜得沒錯，那裡絕對有些東西值得讓我跑一趟。

我照著您信中的描述找到那個地方，然後我便明白了一切。

我建議您近日再去那裡看一看，因為我在那裡發現了超乎期待的東西……杜鵑花叢的另一邊藏著一片漂亮的花圃。

即使我對花卉沒有研究，我也看得出那裡種了十種以上的花卉。您若想知道究竟有哪些花，最好還是自己走一趟吧。

您應該明白了吧？您開始去那個公車站是在四、五月，當時正是最適合播種的春季，而您看到的幽默畫面，想必就是老婦人在挖土撒種的情景。

每一種花的種植方式都不一樣，譬如大花馬齒莧的種子只要撒在土上就好，而鳳仙花的種子必須埋在土裡兩公分深。您覺得奇怪的那雙免洗筷應該是用來挖土的工具吧。

如果您實際去看那片花圃，一定會發現一件事：那些盛開的花卉全都種在鐵絲網的另一邊。要把手伸進鐵絲網狹窄的縫隙在另一邊撒種，應該是很辛苦的工作，老婦人一定就是因為這樣才特地帶了孫女來幫忙，因為孩子的小手可以輕易伸進鐵絲網的縫隙中。您聽到關於大手、小手的對話就是這麼一回事。

那麼，老婦人為什麼要特地把花種在大家看不到的地方呢？還有，為什麼她如此堅持要把花種在鐵絲網的另一邊呢？

這件事令我百思不得其解，所幸我在那裡遇見了那位老婦人，於是我就直接問她了。聽完她的話，我才明白這是為什麼。

她以前住在公車站旁，正確說來，她是在美國宅那一區長大的，但二戰結束後，那裡成了美國人的住宅區。您在信中也提過，那塊土地現在圍著鐵絲網，到處掛滿禁止外人擅闖的牌子。

看到自己青春時代住過的地方變成這個樣子，會有怎樣的感覺呢？這種難以釋懷的心情要如何才能排解呢？

大部分的人應該只會嘆氣吧，但這位老婦人不一樣。

您應該懂了吧？

老婦人的個性比外表看起來大膽多了。她決定擅闖那塊土地，但去的不是她自己，而是她種植的花草。

我不確定在私人土地擅自種花會不會觸犯法律，光從牌子上的文字來看，既然闖入的不是人而是花，多半不會被處罰吧。

老婦人笑著對我說，看到這麼漂亮的花，沒有人會捨得拔掉。

該怎麼說呢？這聽起來像是詭辯，不過如此可愛的詭辯大家應該都能接受吧？我想，如果每個人都像她這麼樂觀進取，這個世界一定會變得更和平。

老婦人的「侵略」還會持續下去。她得意地數算著還沒開花的那些植物：大波斯菊、日日春、桔梗……全都是秋天開花的花卉。

「這片鐵絲網以後會長滿爬藤玫瑰唷。」

老婦人天真無邪地說出了她的侵略計畫。

五……一萬兩千年後的織女星

1

「……北斗七星用來舀水的那一頭稱為斗口，把斗口的兩顆星連起來，延伸出去，一、二、三、四、五，你們看，在五倍長度的地方就是北極星。北極星位於小熊座的尾巴，而北斗七星位於大熊座，這大小兩隻熊一起在北方天空旋轉。」

星座圖出現了。

「媽媽，熊？熊？」

稚嫩的聲音叫著。噓。母親低聲制止了孩子。柔和的男聲繼續說明：

「自古以來，北極星為水手和陸地上的旅人提供了很大的幫助，因為北極星一年到頭都在正北方……」

我在蒸騰暑氣之中逃進了百貨公司，這裡的天臺有一間天文館。

一走上天臺，熱到幾乎形成海市蜃樓的暑氣就熏得我頭昏眼花，可以想見天臺上應該沒有幾個人。商店裡的店員怕熱地擦著汗，在褪色陽傘遮蔽的長椅上，一對耐性堅強的母子正急匆匆地舔著霜淇淋。

在外漆剝落的熊貓遊樂設施和塑膠恐龍的包圍之中，矗立著一間銀灰色的建築物。

廣播宣布著下一場節目即將開始。來得正巧。我開心地快步走向那間建築物。一打開門，就感受到符合期待的涼爽，汗水瞬間全縮了回去。我走進去時，燈光正在逐漸熄滅，我急忙找尋空位。場內已經坐了八分滿。

我坐了下來，輕輕放倒椅背，立即感到通體舒暢，睡意也迅速地襲來，不過在這種地方睡著可不妙，所以我抬著頭四處張望。南方天空陸續打出「禁菸」和「禁止飲食」等字樣。天頂附近有個十字型的記號，正下方有一團黑黑的輪廓。那應該是投影機，就像在這個狹小空間描繪出宇宙的孤獨藝術家。

沒想到我想得出這麼浪漫的比喻。我在黑暗中默默地臉紅了。

「……太陽漸漸下沉……天空越來越暗了，現在出現在各位眼前的是八月的星座。」

旁白開始講解。我把臉貼在鋪著淡綠色布套的椅背上，望著下沉的夕陽。室溫好像又降低了幾度。臉頰感覺涼涼的，非常舒服。

「第一顆星星出現了。這顆特別明亮的就是傍晚的亮星——金星。大家應該知道，金星和地球一樣是繞著太陽轉的行星。我們還可以看見其他的行星，這個紅色的是火星，還有木星，如果用天體望遠鏡來看，會看到上面有幾條很粗的條紋……」

白色箭頭劃過了天空。

「……這些行星不屬於星座，因為他們不會停留在同樣的地方。但即使我們蒐尋星座，也不一定找得到，這是因為光化學煙霧和光害的影響。那麼，如果我們清除光化學煙霧，關掉城市的燈光，會是什麼情況呢？」

映在周圍的明亮街景一下子全都消失了。

哇！孩子發出小小的驚嘆。如果我還是個小孩，一定也會興奮地大叫。

滿天都是閃亮的星星，偶爾還有流星掠過。

我急忙在心中默念「錢！錢！錢！」。

我像小木偶一樣對著流星許願。是說我在匆忙之中想到的願望還真庸俗。但我不禁要懷疑，天文館裡的人造流星會靈驗到什麼程度呢？

「……現在出現了很多流星。要觀測流星，最好的時間是在黎明之前。我們把時間倒轉一些，這是今晚八點左右的星空。今天我們要說的是北極星。」

接著旁白開始說明要怎麼找到北極星，包括利用仙后座來尋找，以及利用北斗七星來尋找的方法。要在天文館裡找到北極星很容易（這沒什麼，畢竟螢幕上都標示出「北方」了），但是要在真正的天空找到北極星卻很困難，畢竟它的亮度很低。

「……為什麼北極星總是在正北方呢？那是因為這顆星星位於地軸的延長線

上。」

螢幕映出了繞著地軸旋轉的地球，上面還用箭頭標示出旋轉方向，以及「自轉」的字樣。有人叫了一聲「自轉車」（註7）。雖是無聊的笑話，我倒是不覺得反感。

地球的旁邊出現了一顆陀螺。

「……地球像陀螺一樣地旋轉。在高速旋轉時，陀螺的軸心固定指向一點，但速度變慢之後，軸心會開始畫圈圈，最後就會倒下。請大家放心，地球是不會倒下的。但是地球和陀螺也有相同的現象，地軸指著的方向會慢慢地改變，就像在畫圈圈。」

北方天空出現了一個圓形的標記。

「……如果把地軸移動的軌跡畫在天空，大概就像這樣。刻度為零的地方就是現在的北極星所在的位置。好了，現在我們一起來進行一趟時間旅行吧。地軸的偏移在一兩百年之內還看不太出來，但是經過一兩千年，天空的模樣會稍微改變一些……」

滿天星斗開始急速旋轉。我立刻感到很不舒服，彷彿胃袋上浮，頭暈目眩，而

7　日文的「腳踏車」。

且不知為何想起了雨傘的事。在我還小的時候，某一個剛下完雨的日子，打開的水藍色雨傘在清澈的陽光下旋轉。傘轉個不停，水滴落在水藍色的防水布上，隨即彈開。

「……好了，就停在這邊吧。現在我們來到了一萬兩千年後的未來。」

聽到旁白的聲音，我才回過神來，一萬兩千年後這句話令我有些驚訝。不知不覺間，我們竟然已經跨越了這麼遼闊的時間。

「……我們來看看一萬兩千年後的夜空吧。在座標為零的位置，也就是靠近正北的地方，有一顆非常明亮的星星。這是天琴座的織女星。也就是說，一萬兩千年後，織女星就會變成北極星。旁邊還是有著銀河，牛郎星也還在銀河的另一側。所以一萬兩千年後，牛郎星就會在織女星的旁邊打轉。」

我不禁驚嘆。對了，我以前好像也聽過這件事，但是親眼看到還是覺得很希奇。

「……我們再把時間拉回來一點……這是八千年後的夜空。喔？這裡也有一顆很亮的星星呢。這是天鵝座的天津四，這顆星在八千年後會變成北極星。」

八千年後的夜空持續了一陣子，時間又繼續往前調。三千年前的夜空。這時中國的歷史才剛開始。五千年前的夜空。這是尼羅河畔的埃及文明正繁榮的時候。

橫跨一萬七千年的壯闊時間旅行結束了。場內燈光亮起，拉起椅背的喀噠聲此起彼落。其他觀眾紛紛拿起隨身物品起身，但我仍繼續坐在位置上。

八千年後的天津四。一萬兩千年後的織女星……

旋轉不已的星辰在我的腦海裡畫出了無數的光圈。八千年後的天津四。一萬兩千年後的織女星。

我大大地喘了一口氣，把椅背拉回來。這時我似乎聽到後面有人叫著我的名字。

我一回頭，椅背又倒了下去。我的上身趴在椅背上，深藍色的衣服在我的眼前搖晃。

「我還以為妳睡著了呢。真巧啊。」

那個帶著笑意的聲音再次響起，從椅背後方傳來。

「……就是啊。」

我嘴上如此回應，其實滿腦子都是問號。這個人是誰啊……？

「請問……我們在哪裡見過啊？」

我實在想不起來，只好小聲地問道。話雖如此，我對這張臉確實有些印象。

「不久之前，在公車站。」

對方回答得很簡潔，好像覺得已經解釋得很詳細了。至此我終於把剛才講述星空的動聽聲音和那個下雨天裡響起的爽朗笑聲連結起來了，我驚愕地重新打量眼前的人。他燦然一笑，說自己姓「瀨尾」。他的笑容讓人覺得很愉快。我也連忙擠出笑容，問道：

「原來你是這裡的員工啊？」

「只是短期打工，現在是暑假嘛。」

「你很了解星星呢。」

「沒有啦，只是照本宣科罷了。這裡很棒吧？感覺充滿了夢想。」

我大力點頭。

「是啊，很浪漫，而且很涼快。」

瀨尾又輕輕地笑了。

「入江小姐也喜歡天文學嗎？」

那個「也」字不知怎地讓我有些竊喜。我含糊地點頭。

「嗯嗯，是啊。我以前還曾經找朋友一起去看哈雷彗星，櫻木町的天文館有一架很大的天體望遠鏡。但我看了以後有點失望。」

「哈雷彗星不浪漫嗎？」

「因為看起來只像一顆模糊的米粒啊。既然是掃把星，應該要更亮一點，拖著一條長長的尾巴嘛。」

「古代的哈雷彗星的確是那個樣子，還讓全球各地的人陷入了大恐慌。」

我哈哈地笑著。

「所以哈雷彗星根本不浪漫，而是恐怖吧。但我今天找尋的不是浪漫，而是涼爽，所以才會不小心走進來。」

「今天的天氣的確熱得會出人命。」

他一臉和氣地說著駭人的形容。然後他看看手錶。

「下一場再過三十分鐘才會開始，要不要一起去吃霜淇淋？」

在四十分鐘左右的節目之間，炎熱的太陽似乎已經過了顛峰期，不過一直待在陽光下還是會熱到受不了。所幸現在吹起強風，有陰影遮蔽的地方變得涼快多了。

「瀨尾先生不會想去海邊游泳嗎？」

香草的芬芳如空氣一般輕盈，我一邊品嘗著霜淇淋，一邊問道。

「這個嘛……」

瀨尾一邊和迅速融化的霜淇淋奮戰，一邊點頭回答。

「我很少去。入江小姐常去海邊嗎？」

「沒有，我也很少去。是說我根本不太會游泳，躺在游泳圈上漂浮我倒是挺擅長的。」

「好像很舒服。」

對方悠哉地附和著。

「會覺得自己像一隻水獺喔。不過近年的海邊很誇張耶，好比說江之島……」

「或是由比濱？」

「是啊，衝浪手之間有游泳客，游泳客之間有垃圾，垃圾之間有水……」

他笑了出來。

「所以不適合游泳吧。」

「也不適合漂浮。一想到那種景象我就沒興致了。」

瀨尾點著頭說「這樣啊」。

「對了，考駕照的事還順利嗎？」

我頓時語塞。

「……大概沒問題吧。」

「啊，妳家裡應該有車吧？光是用看的就會變得熟練了。」

「不，我家裡沒有車，不過我媽媽考駕照的時候我正在她的肚子裡。」

「……這樣對學開車有幫助嗎？」

他含蓄地問道。

「當然有啊。大家不是都說胎教很重要嗎？所以你等著看吧，我一定會發揮出實力的。」

「那我就等著看囉。」

瀨尾笑個不停，好不容易才說出這句話。

天臺上的人還是不多，除了我們以外只有三對母子，每個人都在吃霜淇淋。在這種場合看到的母子都大同小異，母親用小小的塑膠湯匙挖霜淇淋餵給嗷嗷待哺的孩子，小男孩吃得滿臉滿鼻子都是，母親再拿面紙幫孩子擦臉。眼前盡是一派幸福的景象。

一個吃完霜淇淋的男孩勇敢地衝到陽光下。

我邊看邊想著「喔喔，真有精神」，少年轉眼間就爬上了超人力霸王模樣的遊樂設施，但隨即尖叫著跳下來，想必是因為遊樂設施被陽光晒得火燙。男孩又用渴望的眼神盯著旁邊的熊貓，卻沒有伸手去摸，大概是想到熊貓也變成了烤熊貓了吧。人類果然是有學習能力的。

男孩轉了個方向，看著擺在正中央的巨大恐龍。那是塑膠製的雷龍。少年似乎不喜歡那隻恐龍傻氣可笑的長相，突然用力踢了恐龍的腹部一腳。

這隻溫馴的草食性長頸龍完全不把孩子無禮的攻擊當成一回事，只是搖晃了幾下。少年踢了一陣子以後，不知道是玩膩了還是熱到受不了，又跑回媽媽所在的陽傘下。

「那些事真有意思。」

瀨尾不明所以地歪著頭。我這句話說得沒頭沒腦的，也難怪他反應不過來。

「呃，對不起，妳說什麼？」

「一萬兩千年後的織女星啊。」

喔喔。他點點頭，笑著說：

「天文學最吸引人的就是它廣大的規模，還有遼闊的時間幅度。」

我自然流露出笑容，心思飛到了遙遠的未來。

「一萬兩千年後，我們會變成怎樣呢？」

「想必連骨頭都不剩了吧。」

他不加思索地回答。

「我說的不是個人，而是全人類啦。到了那個時候，地球還會是原來的樣子嗎？到時地球上還有人類在仰望成為北極星的織女星嗎？」

「妳的想法真有趣。」

瀨尾抓起桌上的垃圾站起來，走向垃圾桶。我也身不由己地跟過去。

「如果一萬兩千年後……」

瀨尾把包裹甜筒的薄紙丟進垃圾桶，轉身面對我。「地球被汙染到不能住人……」

「嗯。」

「那一定是現在的人類搞出來的。」

我不知該回答什麼，只好望向遠方的景色。四處可見的招牌都蓋滿塵埃，被熱辣的陽光炙烤著。眼前還有懸在廣告氣球上的布幔寫著巨大的「特價優惠」，上面還有一些小字。迎面而來的陽光刺眼得令我猛眨眼睛，垂下視線。下方可以看見被夏天的大太陽晒得水位降低的境川，河面波光粼粼。這時剛好有一輛電車駛過鐵橋，車上的集電弓看起來像是精密又敏銳的螞蟻觸角。我的背不知為何突然癢了起來。

異樣的沉默瀰漫在兩人之間。我的思緒仍然在集電弓和螞蟻觸角之間徘徊，脖子感到有些刺痛。雖然我覺得現在應該說些什麼，卻不知對方是否像我這麼在意。

「有一本書叫做《七個孩子》。」

我很突兀地冒出這句話。才剛說完我就後悔了，但瀨尾卻興致盎然地揚起了眉毛。

「那是一本短篇集……裡面有一則故事叫做〈火紅的竹林〉，我忘了是第幾篇。」

我敲著油漆剝落的欄杆，一邊數著。

「第五篇。」瀨尾漫不經心地插嘴說。「我知道那本書。」

「對，是第五篇。」

我驚訝地看著對方。沒想到他也看過那本書。

「那篇故事怎麼了？」

「沒有，沒什麼。」

我一塊塊地剝開斑駁的油漆，手心沾上了碎屑和灰塵。我不知道要說什麼，沒來由地笑了。瀨尾突然問道：

「是從織女星聯想到的吧？」

「啊？」

廣告氣球被風吹得歪斜。

「從織女聯想到七夕，再從七夕聯想到竹葉，所以想到了〈火紅的竹林〉。」

「或許吧。其實也沒什麼大不了的。」

我乾脆地結束這個話題，拍拍手上的灰塵。

廣播告知天文館的節目即將開始。瀨尾不慌不忙地從欄杆邊退開，笑著說：

「我要回去工作了。下次再來玩吧，霜淇淋和彈珠汽水一起買有打折喔。」

他用戲謔的語氣說道，我含糊地點點頭。他的身影很快地消失在那間銀色建築物裡。

我思索著要繼續靠在欄杆上，還是要就此離開，最後我決定選擇後者。

雷龍用呆呆的臉盯著這邊。從它身邊經過時，我朝那條長長的脖子拍了一掌。

我並非心情不好，這只是無意識的動作。

雷龍毫不抵抗地歪了脖子，但是沒有倒下。仔細一看，它被繩索牢牢地固定在地面的鉤子。恐龍歪了一下，又立刻恢復了原本的姿勢，然後繼續顫抖好一陣子，不知道是因為反作用力還是被風吹的。

此時我才想到，忘記謝謝瀨尾請我吃霜淇淋了。一陣強風吹來，撥起了我的頭髮。

2

「冷氣開放中，請隨手關門。」

我拉開貼著這行字的沉重門扉，回到百貨公司裡。下樓的腳步聲在樓梯間繚繞許久。我感覺從腳下開始變涼了，彷彿慢慢沉入一缸冷水。

（火紅的竹林、火紅的竹林、火紅的……）

我不斷喃喃念著這句話，像是在念咒。

這則故事在《七個孩子》裡是很特別的一篇，因為充滿了浪漫色彩。

疾風的村子裡有一片小小的竹林，位於金老鼠故事中的永齋寺後面。那片竹林沒人打理，隨處可見生長多年的老竹子。

竹子是會開花的，知道這件事的人似乎不多，就算知道，也沒有幾個人親眼見過，所以竹子開花被視為非常稀罕的事。

有一天，疾風村裡的竹林開滿了黃色的花。這就是故事的開端。疾風不經意地走進竹林，在那裡遇到了形形色色的對象。他發現草叢沙沙作響，嚇了一大跳，結果只見貓和尚養的花貓悠然地走出來，接著和尚出現，抱著花貓離去。

之後疾風又遇見了一個老人。他痴痴地站在竹林裡，一看到疾風，就深深地嘆氣，然後駝著背，寂寥地離開了。

疾風一直對這老人寂寞的背影念念不忘，不久後便聽到了關於他的傳聞。村民用調侃的語氣說老人「被女人甩了」，真是沒有同理心。

聽說老人在某個和歌會之中認識了鄰村的老婦人，兩人經常互寄自己寫的和歌，但老人鼓起勇氣寄出求愛的歌文之後，對方卻沒有再回應。

疾風很同情地向「菖蒲小姐」報告了這件事，而「菖蒲小姐」像平時一樣面帶微笑地聽完少年的話，之後卻說出毫無關聯的事：

『你知道有一句俗語叫做「颳大風之後，木桶就會大賣」嗎？』（註8）

8　意思是大風吹起風沙，風沙害得很多人瞎眼，瞎眼的人不能工作便去彈三味線，做三味線必須用到貓皮，貓的數量減少之後老鼠就變多了，暴增的老鼠咬壞了更多的木桶，因此木桶開始大賣。

『我聽奶奶說過很多次。』

疾風說完便稍微揚起嘴角，「菖蒲小姐」也笑了。

『這只是我的想像……我猜那位老婦人一定寫了回覆的和歌，如果他們傳遞和歌的方法和我想的一樣，那首和歌或許還放在某個地方。』

然後「菖蒲小姐」對疾風說了些悄悄話。

「菖蒲小姐」說得沒錯，疾風最後在竹林裡找到了老婦人回覆的和歌。那首歌掉在草叢上。那對老先生老太太的忘年之戀最終得到了幸福美滿的結局。

「菖蒲小姐」對驚訝的少年解釋，他們交流和歌用的是古典而浪漫的方式，也就是把寫著和歌的短箋綁在嫩竹的枝上。

『大概是從七夕的習俗想到的吧。』

「菖蒲小姐」微笑著說。

『但是竹子開花了，開花之後就會結果，老鼠都聚集到竹林裡來吃果實，和尚的貓見了老鼠也跟著跑來竹林裡。』

『對了，我在竹林裡看過那隻花貓。』

『沒錯吧？然後貓看到短箋在竹枝上飄揚，好奇地去撥弄，所以短箋才會掉到草叢上。』

『世上真是無奇不有。』

少年說了世故的感想之後，又補充了一句：

『對了，我去找短箋時，發現竹林像是着了火一樣，到處都開著鮮紅的彼岸花喔。』

疾風提到的這片景象，在我的心中留下了鮮明的印象。

話說盂蘭盆節就快到了，陰府之門也會在海裡敞開，到時有毒的水母會飄得到處都是。泳客眼中的苦難季節就要來臨了。

一走下樓梯，便能看見前方的售票處，櫃檯後方坐著兩位穿著制服的女員工。若是知名歌手演唱會門票的首賣日，這裡會擁擠得像爆滿的電車，此時卻是靜悄悄的。

我思索著要看哪一部電影，但又覺得回家看DVD更便宜，於是搭了下樓的手扶梯。

「一萬兩千年後的織女星啊……」

我自言自語著。

走出百貨公司，我發現風比剛才更大了。在這種大熱天有風真是太好了，但這風似乎太強了點，我的頭髮一下子往右飄，一下子往左飄，我為保持美觀髮型所做的努力在大自然的力量前都成了泡影。

車站前的電子布告欄跑過了一條颱風接近的消息。原來如此，難怪風變得這麼大。

今晚得關上窗外的遮雨板了，這一定會是個悶熱到難以成眠的夜晚。

3

隔天早上（其實已經十點多了）我在電視上看到，這次的颱風不會帶來眾所期待的降雨。只有風沒有水，也就是所謂的乾颱。

新聞提到，東京地區的缺水問題越來越嚴重，如果再不下雨，恐怕就要開始限水了。幾乎每年都可以看到這樣的消息，我不禁感嘆。

其實我住的區域並沒有限水之虞，因為附近有幾座大水壩，所以我從未經歷過斷水之苦。但是夏天缺水的問題嚴重得讓我不忍心置身事外，所以我連喝水都會省著點喝。

電視上開始播報本地新聞。

突然間，螢幕上出現了奇怪東西的特寫。鏡頭拉遠之後，我才發現那是一隻長相愚蠢的塑膠恐龍。

（咦？我好像在哪裡見過這個東西……）

我還在思索，女記者就拿著麥克風出現，說道：

『好的，我現在在東京南新宿的櫻花保育園，這是幫外出上班的母親們照顧孩子的機構。請看。』

鏡頭又轉向那隻雷龍。穿著制服的孩子們興奮地圍繞著長頸龍，還有一個小男孩爬到它的背上，朝著鏡頭比出V手勢。

『好大啊。這隻恐龍玩具今天早上突然出現在櫻花保育園的庭院裡，第一個發現的是這位谷山老師。』

麥克風朝向旁邊一位像是保母的女性。她緊張地低下了頭。

『是啊，是我發現的。』

『妳一定嚇了一大跳吧。』

『那是當然的……我和園長討論之後，決定先通知警察。』

『所以你們去報警了吧。』女記者用愉快的語氣說著。『我們碰巧得知了一件有趣的事，這隻恐龍是從三十公里外的M市T百貨公司的天臺上被偷走的。百貨公司的相關人士都很好奇，到底是誰偷走這麼大的恐龍，又是怎麼搬過來的呢？這真是一件離奇的夏日怪談。』

記者說完之後，畫面切回攝影棚。

兩位主播都露出了驚奇的表情。

『這到底是怎麼回事呢?』

『嗯,真是不可思議。』

兩人也做不出什麼像樣的結論,又繼續播報其他新聞。

真叫人摸不著頭腦,但這確實是有趣的懸案,更有趣的是我前幾天才剛見過的雷龍居然出現在新宿。難道它是不想繼續待在百貨公司天臺晒太陽才跑掉的?這個異想天開的念頭讓我忍不住笑出來。

我從書櫃裡拿出百科全書,查詢「雷龍」的項目。

上面寫著「出現在中生代侏儸紀(一億九千萬年前~一億三千六百萬年前)末期的重量級巨型草食恐龍」,還提到牠的體型是「二十至三十公尺長,體重超過三十噸」。

這巨大的尺寸和一億九千萬年這個磅礡的數字令我不禁愕然。所以我先前為了區區一萬兩千年而驚嘆還真是大驚小怪。不過侏儸紀竟然有這樣的龐然大物到處走來走去,真是個不得了的時代。

雷龍看到的北極星會是哪一顆星呢?我突然冒出了這個想法。

我臨時起意地想著:好,再去T百貨一趟吧。

我越想越覺得這是難得一見的奇事。

「又要出去啦?」

聽著媽媽的聲音從背後傳來，我仍不停步地走出家門。颱風一過，涼爽也跟著離開了，天氣還是一樣炎熱。

我在電車上想著，今天再去天文館看看吧，再去聽聽一萬兩千年後織女星的事也不錯，而且我還有話要向瀨尾說。

因為我得知雷龍是一億九千萬年前的生物。現代科學已經確認了這種長脖子巨大恐龍的存在，這都是多虧了能證明恐龍生存過的證據，也就是化石。

瀨尾說過「一萬兩千年後我們連骨頭都不剩了」，但是一萬兩千年和一億九千萬年相比，就像拿黃金週和暑假相比，所以人類應該也會留下化石吧。

想了很久之後，我還是沒有去天文館。

『我的骨頭很堅強，一定可以留到一萬兩千年後！』

專程去宣告這種事未免太空虛了，而且他搞不好會覺得我是對霜淇淋和彈珠汽水念念不忘，那可真叫人不愉快。

我走進T百貨的大門，搭上手扶梯。總之今天的目的是要查出「恐龍綁架案」的真相。

老是去煩勞佐伯綾乃小姐也太丟臉了。我在心底堅定地發誓，一定要在這次的信中加上「解謎篇」。

其實我已經推理出一種可能性了。

那隻恐龍是充氣式的塑膠玩具，放掉裡面的空氣之後可以摺成小小一塊，這樣要帶出去就簡單多了。是說那種尺寸的龐然大物也不可能直接搬出去。

我直接去了七樓的售票處。很幸運的是此時沒有客人，大概正巧碰上空檔吧。我向櫃檯內的女店員問道：

「不好意思，我有事想要請教妳。」

「好的，是什麼事呢？」

這裡的員工訓練一定做得很好，她露出開朗笑容，親切地回應。

我有點尷尬，但還是繼續說：

「那個，我看了今天早上的新聞，聽說天臺上的恐龍被偷了……」

女店員發現我不是要問演唱會門票的事，似乎有些訝異，但她只是感到意外，並沒有覺得不愉快。女店員睜大眼睛，然後微笑著說：

「您看到新聞了啊。所以您是要……？」

「呃，我仔細想了一下……」我越說越小聲。「我看過那隻恐龍，那是塑膠製的充氣玩具，如果放掉裡面的空氣應該可以摺成小小一塊帶出去。從天臺走樓梯下來一定會經過這個櫃檯，所以我想請問妳有沒有看過誰帶著類似的東西走出去……」

我的聲音和自信一樣漸漸地萎縮，但女店員還是一臉認真地聽著，讓我稍微寬慰了一些。

「您的想法很有意思，但我認為不太可能。」

她聽完之後，歪著腦袋說。

「為什麼？」

「您搯過充氣游泳池或橡皮艇嗎？」

很不巧，這兩種經驗我都沒有。

「只要試過您就知道了，那種東西就算放掉空氣還是很大，而且也很重，尤其那隻恐龍那麼大，就算摺起來至少也有棉被那樣的尺寸和重量。所以警察問我的時候，我很肯定地回答不可能有人拿著那種東西從天臺走下來。」

唔……我在心中沉吟著。女店員的意見確實合情合理。

我再三道謝，然後離開了櫃檯。結果我的推理一下子就被推翻了。

（看來這次的信裡還是只有問題篇。）

我沒有堅持到底，先前的誓言三兩下就被我拋棄了。

回家以後，我特地翻開晚報，接著我很開心地發現有一篇標題為「夏日怪談」的報導。這則報導的篇幅不小，還刊登了照片。看來這世界還是很和平的，連這種小事都能成為大新聞。我喜歡看小區域新聞和本地報紙就是因為這樣。

——〇日早晨，東京都新宿區南新宿三丁目的櫻花保育園（園長飯野久子）裡出現了一隻高度約三公尺、體長約五公尺的怪獸。

——經過新宿警察局的調查，這隻塑膠製的恐龍玩具是在╳日夜晚至〇日清晨之間從東京都M市Y町的T百貨公司天臺廣場被偷走的。但是M市距離新宿二十七公里，相關人士都想不到誰會把恐龍搬到那裡去。

——保育園的孩子們幫恐龍取了「蹦蹦」這個名字，把它當成了偶像。T百貨公司也很樂見恐龍如此受歡迎，決定將恐龍贈予保育園，這個天外飛來的禮物讓孩子們喜出望外。

「蹦蹦……」

看完報導後，我喃喃念著。然後我想起了上次在天臺上用力拍打那隻恐龍的事。彈性十足的觸感，被晒得發燙的塑膠味道。

如今想想，毫無理由地拍那一下，對蹦蹦真是不好意思。

在新聞裡看到孩子們包圍著雷龍，我突然感到那張呆呆的臉顯得很開心。對它來說，待在那裡一定更幸福吧。

我又看了看報紙上的照片。這大概是攝影師刻意找的角度，仰角拍攝的雷龍背後是新宿的高樓大廈，還可以看到東京都廳舍（註9），就像是一群石化的長頸龍。

現代的高樓大廈，以及遠古的恐龍。

兩者搭在一起別有一番風味。不，應該說這種組合非常詭異，但又莫名地對味。

太宰治說過「富士山和月見草真是絕配」。

「高樓大廈和雷龍真是絕配。」

我喃喃說道，細細品味著這句話。我想，這句話或許會成為平成年代的名句呢。

4

入江駒子小姐惠鑒

敬啟者：

這麼晚才回信真是抱歉，但我並不是忘了這件事，我不時會拿出您的信來看。

對了，您這次用的星座圖案信紙和信封很漂亮。光是看您挑選的信紙，就知道您

9　日本東京都廳及東京都議會的所在地。

這封信寫得多麼用心。

至於信件的內容，我也興致盎然地讀完了。很感謝您還一併寄來影印的報導。那真是一件幽默又奇妙的懸案。

您的問題是以下這兩點吧？

1、恐龍是以什麼方式搬出去的？

2、要怎麼避人耳目地把恐龍送到三十公里外的地方？

首先是搬走恐龍的方法。雖然那是小孩的玩具，但是從報導提到的尺寸來看，如果保持原狀，根本不可能通過百貨公司天臺的門。所以您的結論是「把空氣放掉，摺成小小一塊」，聽起來非常合理。要從百貨公司裡把恐龍搬出去，應該只有這個辦法吧。

若真是如此，會產生幾個問題：第一個毫無疑問地就是售票小姐的證詞。她的說法極有說服力，毫無矛盾之處，連您都覺得非常合情合理，所以我想她的話應該值得信任。

也就是說，那東西大到不可能瞞著員工偷偷搬出去。

那麼，會不會是員工偷走的呢？這個假設也不太可能，因為百貨公司一向很小心提防員工監守自盜，聽說店員就連要偷走一個橡皮擦都不容易，更何況是像棉被那麼大的東西，絕不可能神不知鬼不覺地搬走。

所以我們可以合理推測：雷龍不是從百貨公司裡面搬出去的。

您一定在想：「那麼東西到底是怎麼被搬走的？」

您在信中寫到「難道它是不想繼續待在百貨公司天臺晒太陽才跑掉的？」，或許您覺得這只是玩笑話，但說不定真的被您說中了。

我猜想的情況是這樣：

首先是準備幾個大冰塊。要拿到這東西並不難，因為天臺的商店在這種季節一定會有刨冰或用來保存果汁的冰塊。

接著解開固定恐龍的繩索，用冰塊壓住。

然後是您在信中不經意地提到兩次的東西。

那東西下面應該掛著「夏季優惠」之類的布幔吧。我指的是廣告氣球。那麼，廣告氣球之中填充的是什麼呢？

答案是氦氣。

您明白了嗎？看元素表就知道，氦氣是非常輕的氣體，僅次於氫氣。氦氣能讓飛船或廣告氣球飄起，當然也能為雷龍提供充足的浮力。

白天被陽光晒得熱騰騰的水泥到了夜晚會釋放出大量的熱能，這是造成熱帶夜

（註10）的原因之一。在這樣的環境下，冰塊沒多久就會融化了。

等到氦氣的浮力大於冰塊的重量時，雷龍就輕飄飄地浮上了空中。

請您試著想像，一隻遠古時代的長頸龍在月亮、星星，以及都市霓虹燈的圍繞下飛上天空，那是多麼動人心弦的景象啊。

剛巧那天晚上有颱風，雖然是乾颱，但紀錄顯示最大風速至少有每秒三十公尺。當然，風速不會一整晚都這麼強，保守估計，平均風速大約是秒速十公尺。

如果每秒十公尺，一分鐘就有六百公尺，從新宿到保育園大約是二十七點五公里，除以每分鐘六百公尺，等於四十五點八分鐘。

這只不過是紙上談兵，而且我是用直線路徑來計算的，實際上說不定繞了很多路，為了簡化算式，我也不去考慮恐龍的重量等條件。雖是如此粗略的計算，還是可以幫助我們了解恐龍在一夜之間飛到新宿並非不可能，恐龍出現在保育園的事實就是支持這個答案的最大證據。

那一夜，雷龍悠哉悠哉地在空中散步。

在颳著強風的夜裡，想必沒人會閒到去仰望天空，就算有人注意到空中飄著奇怪的東西，也只會覺得那是廣告用的飛船在夜晚飛行吧，畢竟都市居民早就看慣

10 夜間的最低氣溫在攝氏二十五度以上。

了奇怪的東西從天空飛過。

恐龍穿梭於高樓大廈之間，飛到南新宿時開始慢慢下降，應該是氦氣漏掉了，漸漸支撐不住恐龍的體重。

長頸龍可能只是湊巧落在保育園的庭院裡，但在孩子們的眼中卻成了意想不到的禮物。對這種結果最感到驚訝的人，說不定就是惡作劇的始作俑者。

我在想，世間的事就像在黑暗中玩撞球。

每個人的手上都拿著球桿，大家都只是不加思索地撞出面前的球，球滾著滾著，撞上其他的球，被彈開，然後又撞上另一顆球……

就這樣滾啊滾的……或許在不知不覺間也推動了自己的命運呢。

六……白色蒲公英

1

號誌燈由黃變紅，行人緩緩停下腳步。

沒有車開過來。從坡道延伸過來的車流斷了一截，因為上坡的車道有一輛車勉強停進狹窄的車位，突出的車頭把路給堵住了。喇叭聲不耐地響起了兩三次。

馬路成了半淨空的狀態。

就算偶爾和實際情況有所衝突，甚至偶爾不合理，我還是覺得必須有統一的規矩，因為這樣才能讓人們安穩地過日子。也就是說，大家遵守同樣的規則，就能從團體感之中獲得安心。

和大家做一樣的事，就不會遭到危險，就不會離群索居，就不會丟臉……之類的。

突然間，空氣傳來輕微的震動。有個人從駐足原地的我身邊走過，在紅燈之下越過了斑馬線。

我愕然地看著那人的背影。白色棉質上衣，藍色牛仔褲，斜斜戴在頭上的天藍色帽子。

闖紅燈的人我看過不少，坦白說，我自己也有過幾次經驗，然而那個戴著藍帽子的人卻深深吸引了我的目光。理由是那人的步伐走得如此悠然自得，就像走在荒野或深山中。

走在深山裡的時候，除了自己的決定之外，不會有其他的理由讓人停下腳步。號誌燈亮起綠燈，人們再次動了起來，就像暫停的畫面突然開始快轉，每個人都快步地前進。人潮單調地起伏著，只有那頂藍帽子看起來格外鮮明。一陣清涼感爬過我的背。

那頂藍帽子漸漸溶入人群，再也看不見了。

我當然不知道那人究竟是社會人士還是學生，甚至不知道是男是女，但是這個素昧平生的人卻在我心中留下了深刻的印象。

我繼續和那頂帽子明亮的天藍色一起走了很久。在我看不到的地方，那抹藍色繼續悠然地前行，一邊搖擺著肩膀……

2

「……然後『菖蒲小姐』就說：『沒人知道明天綻放的花是什麼顏色』。」

說完之後，我偷偷打量旁邊的小聽眾。一半是因為期待，一半是因為擔心。

我期待的是對方聽了我深愛的故事也會大受感動，擔心的是對方或許還沒成熟到能聽懂這個故事……不對，說不定對方根本沒在聽。

小雪彷彿完全不在乎我在偷瞄，她的睫毛慢慢地眨了一下，然後輕輕地嘆氣，但我看不出她這聲嘆氣是因為太感動，還是為了漫長又無聊的故事終於結束而鬆一口氣。她蹲在地上，拿著撿來的樹枝開始在沙子上亂畫，害我不得不傾向悲觀的答案。

我發出比少女更深的嘆息。

這女孩叫做真雪，她人如其名，看起來非常柔弱。看到她蹲在地上的模樣，我都忍不住擔心她會在早晨和煦的陽光之中溶化成一片透明的液體。

像她這樣纖細、這樣缺乏生命力的孩子還真少見。

我對她的第一印象是「這孩子真怕生」，而且我也深深感覺到這個少女絕對不是那種天真單純的孩子。

她白到近乎透明的肌膚和格外鮮紅的嘴唇給人一種病懨懨的感覺，尖尖的下巴和細細的手腳也令她顯得非常瘦弱，但是她細長的眼睛裡有一種成熟的神色，為她的容貌增添了一絲奇特的美感。

從昨天開始，完全不懂得如何和孩子相處的我一直笨拙地試著吸引這位少女的注意力，但是一直丟球卻等不到回傳實在很寂寞。我也曾幾次懷疑真雪或許對我有好感，但是她現在的模樣把我微薄的希望都打碎了。

我小心不讓少女發現，又偷偷地嘆了一口氣，然後看著她畫圖。她在地面畫了像花一樣的東西，對這種年齡的孩子而言（才剛進入小學五個月），她算是很有天分了。

「妳畫得好漂亮。這是什麼花呢？」

「……蒲公英。」

少女頭也不抬地說，我不由得愣住。她彷彿看穿了我的難堪，突然望向我，歪著頭問道：

「妳覺得這是什麼顏色的？」

我看著地上匆匆爬過的一列螞蟻，想了一下，才緩緩地回答：

「這個嘛，我想應該是……」

3

「低年級夏令營」是區立第三小學校這幾年來在暑假的最後固定舉辦的活動。

這活動的終旨和意義我已經聽得倒背如流了，在此僅列出主要的幾項：

1、由於低年級學童——尤其是一年級生——在暑假會格外黏著父母，表現出抗拒上學的反應，所以要讓這些孩子重新認識學校的好處。

2、由於近年來雙薪家庭遽增，很多孩子沒辦法在暑假遠行出遊，夏令營可以讓這些孩子留下美好的回憶。

3、學童可以藉由夏令營適應團體生活，並且增加對大自然的適應力。

……諸如此類。此外還有好幾項，但我都不記得了。話說回來，我很懷疑在小學的校園裡舉行兩天一夜的露營，究竟能讓學童增加多少對大自然的適應力？雖然懷著這諷刺的感想，我還是跑來當這個夏令營的志工。為什麼我會突發奇想，在八月底安排這項行程呢？理由很簡單，都是因為富美。

富美有在修教育學程，她想要取得教師執照的熱忱可不像我渴望圖書館員資格的那種程度，光是拿我來和她相比都太失禮了。我最近才得知，當老師是她從小就有的夢想。虧我們三不五時就會聊天或出去玩，我這個朋友真是太失職了。

我從來不曾把學校老師這個職業和自己的將來扯上關係，連想都沒有想過。即使對教師一職毫無興趣又漫不關心，我還是知道有很多人為了這個行業擠破了頭，對我們這種只有短大學歷的人而言就更困難了，我們學校這兩三年內沒有一個人當上老師，幾乎每個人都成了平凡的上班族。

不過富美和別人不同，只要她希望，遲早一定會實現夢想，因為她的個性非常認真，一直勤奮不懈地朝著自己的目標邁進。我想，富美一定可以成為一位好老師。我相信她有辦法同時身兼好老師和好太太，而且不會讓身邊的人感到她為此付出的努力有多辛苦。

現實生活中偶爾還是會出現一些像NHK晨間連續劇女主角般的人呢。這個世界還是有希望的。

好了，把話題拉回來吧。我們會去參加夏令營，就是因為富美的教師夢。教學實習是教育學程的必修課，而實習原則上要回到自己的母校。我們學校要到二年級的秋天才有實習課，但設想周到的富美打算現在就開始熟悉母校。這個人真是太勤奮了。她邀請我一起去當志工時，我三兩句話就答應了。

「他們說人手不足，要我們多找幾位朋友來幫忙照顧孩子。」

八月上旬，富美突然打電話來，用意就是要拉我一起去夏令營。

「簡單說……」我點頭。「就是當志工吧？」

「差不多吧。」

「小愛呢？妳沒邀她嗎？」

「我來不及開口，還在做開場白的時候……」

「她就拒絕了？」

「她很直截了當地說『我討厭小孩』。」

「這樣啊……很有她的風格。」

小愛一直都是個好惡分明的人。

「是啊。還好妳喜歡小孩。」

「要跟他們同仇敵愾才行啦。嗯，算是喜歡吧。」

「我有時真聽不懂妳在說什麼。總之就這麼說定了，要把時間空出來喔。」

電話喀的一聲掛斷了。富美跟小愛不一樣，她講電話非常簡潔，講完了該講的事就會爽快地掛斷。

後來過了將近一個月，雖然我不太了解狀況，總之還是乖乖地把富美交代的東西裝入大包包，在講電話時草草寫下的筆記也皺巴巴地一併塞進口袋。

- 毯子或大浴巾
- 蚊蟲藥
- 一杯米
- 盥洗用具
- 塑膠布

除了那一杯米暗示著需要自己煮飯之外，這份清單還真是簡潔。如果再加一項「零食不能超過五百圓」，完全就是小學生的遠足行前通知嘛（我當然也準備了零食）。

就這樣，到了八月底，我背著體積可觀但仍令人感到不安的行李，和富美一起爬上平緩的坡道。

上坡路的盡頭就是富美讀過的小學。經過門柱時，富美拍了拍刻在上面的校名。

「真叫人懷念。」

她笑著說道。

我突然想起了在百貨公司天臺看星星的事。如果時鐘的指針倒轉十年，會是什麼情況呢？我彷彿看見走在前方的是露出手肘和膝蓋，像小男生一樣好勝、用外八字走著的女孩。深信努力一定可以得到回報、深信每個人都和自己有著相同夢想的女孩……

「小駒，走這裡。」

正在對我大喊的當然是現在的富美。當她轉頭時，俏麗短髮的髮梢飛揚起來，撫過她線條優美的下巴。

她指著通往校舍後方的一條小路。滿地雜草彷彿不知自己住的地方有多狹小，依然抬頭挺胸地耀武揚威。孩子們開學之後的大掃除鐵定會加上拔草這項艱鉅工程。

我們經過一間飼育小屋，裡面吱吱喳喳的，不知道是養了雞還是虎皮鸚鵡，還飄出一股腐爛菜葉的味道。一隻英勇的母雞突然尖叫起來，把我們嚇了一跳。牠啪噠啪噠地猛拍翅膀，彷彿要搧開空氣，聲音比我想像得更響亮。小小的羽毛穿過鐵絲網飛到我們的腳邊。

繞過校舍之後，我們來到了體育館前。富美熟門熟路地握住門上碩大的方形把手，然後整個人往前傾，厚重的金屬門發出軋軋的聲響敞開了。

「這個門平時都是開著的，但現在是假日。」

富美一邊說，一邊把門扉推到底。

「哎呀，妳們來得正好。」

後面傳來欣喜的聲音。

「小西老師！」

富美用毫不遜色的開心語氣叫道，朝那人跑過去。

我對那人的第一印象是「隨處可見的歐巴桑」，不過我總覺得真的在哪裡看過她，或許是在附近的超市提著黃色菜籃買東西，或許是在我常去的洗衣店顧店，又或許是在車站前的蔬果店和客人談笑風生。

簡單說，體型矮胖、有一頭短短捲髮的小西老師就像出沒在各種地方、從事各種職業、開朗又活力十足的歐巴桑。

老師正扛著堆積如山的物品，富美立刻搶下了大半。

「不好意思耶，真是幫了我一個大忙。」

小西老師一邊說，一邊笑咪咪地看著我，所以我急忙說：

「啊，那個讓我來拿吧。」

我接過了剩下的紙箱。

沉重的手感傳來，我在心中發出了一聲呻吟。簡直像是被子泣爺爺（註11）纏上。我踉蹌了幾步，好不容易才把東西搬進體育館。放下紙箱之後，我打開一看，發現裡面裝滿了紅蘿蔔、洋蔥和馬鈴薯。難怪這麼重。富美打開她那一箱，裡面也裝滿了飯盒鍋子之類的器具。我忍不住望向小西老師那雙粗短的手臂，一股敬畏之情油然而生。

11　日本傳說的妖怪，是個發出嬰兒哭聲的老人，他會纏住背起他的人，體重越來越重，最後把那人壓死。

4

我們走進了坡道上那間小小的超市，我喀噠喀噠地推起購物車，富美負責念購物清單。

「唔……豬肉薄片三公斤、咖哩塊、垃圾袋、蚊香……」

「我找到咖哩塊了。好便宜喔，有特價耶。這個是五人份的，七五三十五，買七盒就夠了。」

我口中叨念著沒什麼好炫耀的簡單計算。包括我在內，參加夏令營的共有三十三人。

「為什麼露營老是要煮咖哩啊？喔，還有烤肉。」

「遵循傳統是很重要的。還要買肉喔。」

我猛力地推著購物車。

「豬肉。」

富美拿起一盒包著保鮮膜的肉，然後指著我說「薄片」。

我愣住了。她又重複了一次：「豬肉薄片」。（註12）

12　薄片和駒的讀音都是koma。

「妳的笑話很冷耶，富美。」

我翻著白眼冷冷地吐槽，一邊將六包五百公克的豬肉放進黃色菜籃。三公斤的豬肉堆在一起還真是壯觀。我又迅速計算了起來：

「每人約九十公克。」

「啊？什麼？」

「當然是說每個人能分到的豬肉。」

富美笑了，還很失禮地說「妳只有這種事計算得最快」。

5

我們提著沙沙作響的塑膠袋再度爬上坡道時，時鐘指針才剛過三點，孩子們是四點集合，時間還很充裕。

像乾海綿一般的水泥塊和灰暗的圍牆在黃昏陽光的照射下，都神奇地變得潔白明亮，蓋滿灰塵的白色護欄彎彎曲曲地一路蔓延。塑膠袋的提把已經被拉長了，像細繩一樣陷進手掌，我把袋子換到另一隻手時，不小心讓袋子撞上了護欄。豬肉撞在金屬上，傳來沉重的手感。

這細微的震動應該不會傳得太遠，但路邊電線桿上的蟬卻突然發出尖銳的唧唧聲飛走。

在潔白的光芒中，只有一丁點大的蟬顯得特別黑，牠彷彿為自己的特異感到羞赧，很快地逃離了這片純白的風景。世界再次恢復了寧靜。

我們終於爬到了坡頂，校舍的影子溫柔地籠罩在我們身上。路邊佇立著綠色的鐵絲網和一長排的繡球花。

鐵絲網的另一邊好像有東西在動。

（咦？）我好奇地停下腳步。

在飼育小屋前面，有一隻垂著耳朵的褐色兔子。

一個小女孩蹲在鐵絲網前餵白兔吃東西。

母雞突然聒譟地叫起來，女孩嚇得猛然起身，然後她便發現了我。我們兩人隔著幾層鐵絲網對視良久。

「小駒，怎麼了？」

走在前面的朋友訝異地停下腳步。我回答「沒事」，又繼續往前走。

我們走進小學，再次經過飼育小屋時，那個女孩已經不見了。

我們回來的時候，室外已架起了大灶，越來越有露營的氣氛了。其餘的老師也到齊了，他們一一為我們介紹。

之後的一個小時很快就過了。女人們把蔬菜和肉搬進烹飪教室。我本來就覺得讓七、八歲的孩子拿菜刀太危險，看來是不會發生這種事了，食材都會事先準備好。

「皮和葉子請丟到這裡。」

我把一個大碗放在調理檯的中央，對大家喊道。

「妳要那個做什麼啊？」

富美和我一樣笨拙地削著馬鈴薯皮，一邊疑惑地問道。

「要餵兔子啊，又可以減少廚餘，這樣不是一舉兩得嗎？」

小西老師大力誇獎我設想周到。

忙到一個段落後，我拿著亮晶晶的金屬碗跑向飼育小屋。在距離小屋十公尺遠的地方，我停了下來。

那個小女孩又出現了。

她以跟剛才一樣的姿勢蹲在一樣的地方，不一樣的只有我的視角，剛才我是隔著鐵絲網看她，如今我們之間沒有鐵絲網，而且她是背對著我。

我放輕腳步走近飼育小屋，將手按在鐵絲網上。

「妳是來參加夏令營的嗎？」

我向女孩問道，她卻毫無反應，只是不在乎地瞥來一眼，又專注地凝視著兔子。看來我帶給女孩的驚嚇還不如一隻雞。

「我帶了兔子的晚餐，要不要一起餵？」

我不等女孩回答，就把紅蘿蔔的皮伸進鐵絲網內，四隻兔子蹦蹦跳跳地靠過來。

「妳也來幫忙餵兔子吧。」

我從碗中抓出一把蔬菜屑，女孩猶豫了一下，才把兩隻手掌攤開，我將一大把蔬菜屑放到她的手中。她盯著手上的蔬菜，像是看到了什麼奇怪的東西，然後捏起一點伸進鐵絲網，小屋的住戶彼此推擠著湧向女孩。之後她沒再看我一眼，只是一個勁地盯著咂咂咀嚼的兔子。

我心想，這個孩子真怕生，但我並沒有感到不快，因為我自己從前就是這樣。現在認識我的人一定都不相信，我小時候其實是個文靜內向的孩子。

小時候的我要嘛就是看書，要嘛就是作白日夢。我忘記是幾年級的事了，保健體育的課本無情地把這種生活評為「逃避」，讓我受到很大的打擊。

後來在數學課學習「群體」的概念時，我也很難過。當時發給我們的教材上印著漂亮的花朵，我們要依照各種設定好的條件幫花朵分類：紅花、黃花、五片花瓣的花……

可是四片花瓣的藍花一直是孤零零的，沒有被分進任何一個群體，直到條件籠統到只有「花」的時候。

我為那朵藍花感到悲哀，覺得它和我很像。

大碗開始見底的時候，小西老師來了。

「原來妳在這裡啊……」

她這句話不是對我說的，但女孩的注意力依然鎖定在鐵絲網的另一邊。

「老師找了妳很久喔……原來妳和大姊姊在一起啊。兔子有這麼多東西吃，真是太好了。」

小西老師出奇溫柔的語氣莫名地令我感到不安。我抱著大碗站起來，對一旁的女孩說：

「要不要回去大家那邊？」

很意外地，女孩順從地起身，停頓了一下才邁出步伐。

一位年輕的男老師來接管現場，對孩子們說明夏令營的意義。小西老師對我招招手。

「啊，入江同學，我想請妳幫個忙。」

「好的。」我一邊回答，一邊望向富美。我一看就知道她已經成了老師的好助手，很快就掌握了孩子們的情緒。

「是關於真雪的事。」
「真雪？」
小西老師的視線回答了我的問題。她望著獨自坐在體育館舞臺邊緣、晃動著細細雙腿的女孩。就是我剛才在飼育小屋前看到的女孩。
「不好意思，能不能請妳陪著她呢？」
「她為什麼一個人坐在那邊？孩子們正在集合呢。」
老師似乎把我的疑問當成了譴責，急忙幫女孩解釋：
「她是個很乖的孩子，只是不太習慣團體活動，她比較喜歡一個人待著。進藤老師很希望這次的夏令營能讓她學習到團體精神……」
「進藤老師？」
「啊，真雪是進藤老師班上的學生。」她指著剛才那位年輕男老師。「他很擔心真雪，叫她來參加夏令營也是為了讓她適應團體生活，結果她還是喜歡獨自行動，真叫人頭痛……」
「……是不是自閉症啊？」
這個詞彙強烈到刺痛我的喉嚨。我一說出口就後悔了。
「絕對不是這樣，她只是害怕跟人相處罷了，和大家說話、和大家一起行動都會讓她感到畏懼。進藤老師和她單獨談過一次，說她可能有缺乏感情反應的問題。」

「缺乏……感情反應？為什麼？」

這個詞彙真是令人嫌惡。

「或許是環境的影響吧。她的家裡有點狀況，因為父母離婚，她在九州的親戚家寄養過一段時間。真雪剛入學不久，進藤老師就找她談話了。」

小西老師拿出一疊作業紙，問道「妳覺得怎麼樣？」。紙上印著鬱金香、水仙之類的花朵，旁邊寫著「幫花朵塗上顏色」。老師可能還叫大家寫出自己認識的花吧，每個圖畫旁邊都寫著充滿注音和錯別字的花卉名稱。

真雪的答案非常完美，全班只有她一個人寫對了每一個字。

進藤老師所擔心的並不是這件事，而是所有學生都把鬱金香畫成紅色，把水仙畫成黃色，只有真雪把每朵花都塗成白色。

「那又怎麼了？也有白色的水仙花和鬱金香吧。」

我不滿地說。只因這樣就給她貼上缺乏情感反應的標籤，這太讓人難以接受了。

但小西老師搖著頭回答：

「可是那孩子連蒲公英都畫成白色的。」

6

老師們把所有孩子都帶出去了，體育館裡只剩我和真雪。我雖然答應接下這個任務，卻不知道該做些什麼才好。

我對兒童心理學沒有半點研究，但我可以理解大人看到孩子把著色畫全都塗成白色一定會感到擔心，認為孩子的心理狀態不健全。

雖然我可以理解，也可以接受，卻不能贊同。

何必這麼小題大作呢？

不過就是畫個圖嘛，孩子要畫成黑的或白的又有什麼關係？就算畫成圓點圖案或紅白條紋，那也是孩子的自由。我慢慢走向舞臺，女孩依然坐在上面晃動著雙腳。因為她坐在臺上，所以我們兩人視線的高度差不多。

我心想應該先自我介紹，於是便這麼做了。在當時以及後來，我都是用「我」來自稱。像富美那樣自稱「大姊姊」讓我覺得很不好意思。

「我可以坐在妳旁邊嗎？不喜歡的話可以說出來，沒關係的。」

我如此問道，但女孩不置可否，所以我就當她同意了，在她身邊坐下。

不知怎地我也和她一樣晃起雙腳。不是企圖藉由和女孩做出同樣的動作來掌握她的心情，我沒有想那麼多，我只是不知道該做什麼。

對了，《小熊維尼》裡面也有類似的情節。有一天，森林裡淹了大水，維尼帶著七、八個蜂窩爬到樹上避難。他晃動著雙腳，和一大堆蜂窩排排坐，但隨著時間的經過，蜂窩逐漸減少，最後只剩維尼自己一個坐在樹枝上搖晃雙腳。

只要想到這個幽默的場面，我就會忍不住格格發笑。每當朋友們問我「幹麼笑嘻嘻的？碰到什麼好事了嗎？」的時候通常都是這種情況。

我突然感覺到一道視線，轉頭一看，旁邊沒有蜂窩，只有一位女孩。她直勾勾地盯著我，幾乎把我望穿。

我本來很擔心一個大人突然跑來少女面前笑嘻嘻地自我介紹，看在她的眼中不知道是什麼德性，但是真雪終於意識到我的存在，讓我頓時信心大增。我下定決心，不再管女孩怎麼想，反正我陪在她的身邊就是了。

到了晚餐時間，我正在把煮得完美無瑕的白飯分到鋁製餐具時，進藤老師走過來對我說：

「妳是入江小姐吧？真是辛苦妳了。」

「是啊，要平均分配還真不容易。」

我拿著飯匙的動作就像在做化學實驗一樣謹慎，不過我很快就發現自己回答得牛頭不對馬嘴。老師忍著笑意說：

「我不是在說白飯的事啦，是說妳幫忙照顧我的學生。」

「我又沒有做什麼。」

我一邊用飯匙刮著鍋底焦飯一邊回答，但又覺得自己的語氣太衝，所以再補上一句：

「只是陪著她而已。」

「這樣已經幫了我一個大忙了。她不太喜歡我，覺得我管東管西的很討厭。班上其他孩子都很黏我，只有她不肯對我敞開心房，坦白說，我都快要失去當老師的自信了。」

我大概比進藤老師更了解真雪吧。對於他的煩惱，我既沒有同情，也沒有同感。

「想要了解別人本來就不容易，再說全班有四十個孩子，想要深入了解每個人是不可能的。」

我只能這麼回答。這種不痛不癢的回應當然沒有安慰的效果，所以進藤老師只是無力地微笑。

吃完晚餐，玩過遊戲，燒過營火之後，孩子們陸陸續續走進體育館。現在將近九點，差不多到了孩子該睡覺的時間。

大家攤開了自己帶來的塑膠布，拿出毯子。孩子們喧鬧的聲音在天花板挑高的館內迴盪著。沒過多久，體育館的地面就擠滿了歪七扭八的鋪蓋。

我也從包包裡拿出睡墊和浴巾。我的浴巾很大，足以代替毯子，上面還有我最愛的雪人圖案，但是小孩一看見就大叫「啊！麵包超人」，讓我頗受打擊。我帶來的睡墊有點像摺疊式的草蓆，這是以前在鎌倉買的。躺在上面就像睡在榻榻米上，非常地舒適。

「真好，看起來好舒服。」

富美摸摸我的墊子。

「嘿嘿，不錯吧。」

我得意洋洋地對她說，只見富美從包包裡慢慢拿出像是馬蹄形小泳圈般的東西，開始充氣。

「那是什麼？」

「嘿嘿，枕頭啊。」

「好奸詐！竟然帶了這種東西！借我用。」

「現在可不是睡覺的時候。」

「我已經睡了，妳跟我講話我也不會回答的。」

「喂，小駒。」

「鼾～」

富美搖了搖裝睡的我。

「不是啦，我是要說那孩子不見了。她去哪了啊？」

「啊？」

我連人帶枕地坐了起來。

「就是之前一直和妳待在一起的那孩子啊，名字好像是……」

「真雪？」

我緊張地望向四周。不肯早睡的孩子都喧鬧了起來。裡面沒有小雪的身影。

「我去找她。」

說完我就站了起來，富美也默默地起身。

我們走出體育館之後就分頭尋找。其實我大概猜得到女孩在這種時候會去什麼地方，於是我走到校舍後面，踏進雜草叢生的小路。

校舍漆黑輪廓的上方掛著瘦瘦的月亮，讓人覺得「哎呀？原來在那裡啊」。藉著月光，我找到了蹲在飼育小屋前的女孩。

（兔子晚上也會睡覺嗎？）

多年以前，我在夜裡把棉被蓋到鼻尖時曾經這樣想過。兔子晚上也會睡覺嗎？

那紅紅的眼睛會被薄薄的眼皮蓋上嗎？

這件往事突然又浮上心頭。我在想，小雪是不是也有同樣的疑惑呢？

「真雪。」

我輕輕走近女孩。

女孩雙手攀在鐵絲網上，回頭看著我。

「妳是不是來看兔子晚上會不會睡覺？」

她有些驚訝，然後點點頭。

我不自覺地抱起了女孩。雖然我今天才剛認識她，此刻卻對她感到無比憐愛。正如外表所見，女孩抱起來很輕。我扛著一箱蔬菜時明明覺得很重，而女孩鐵定比那箱蔬菜更重，我卻一點都不覺得累。我突然覺得自己在想的事情很可笑。

在黑暗中，我看見有個人影從校舍後方走過來，那是富美。我很遺憾不能再享受女孩雙手環抱我脖子的觸感，輕輕地將小雪放下來。

「找到啦？太好了。」

富美氣喘吁吁地說道。

「小雪是來看兔子的唷。」

我的回答就像在跟女孩說話。

「這樣啊。」富美若有所思地歪著腦袋。「對了，我偷偷帶了煙火喔，要不要一起來放？我現在去拿。」

這位性急的朋友一說完就跑開了。我看著她的背影，輕輕摸著真雪柔軟的頭髮。

「真雪，剛才那個人叫做富美，是我的好朋友。我也可以當妳的朋友嗎？」

女孩好像微微地點了頭，但說不定只是我會錯意了。不管是哪一種，總之她的動作很不明確。

不知不覺間，蟋蟀的鳴叫包圍了我們。

我彷彿聽見秋天的腳步聲。

7

隔天早上，我起了個大早，一旁的富美靠在那個充氣枕頭上睡得正香。或許是因為太熱，小雪和隔壁的孩子都踢開了被子，我沒去幫她們蓋起被子，而是輕手輕腳地起身走出去。

全身都在隱隱作痛，這也是應該的，畢竟只鋪蓆子在體育館地板上睡了一晚。更難堪的是，我的手腳都印上了蓆子的紋路。

我在洗臉臺胡亂洗了把臉，稍微梳理了頭髮。水冰冰涼涼的，非常清爽，我暢快地光著腳走在走廊上，走到門前時，卻發現真雪呆呆地站在那邊，一副泫然欲泣的表情。

難道她醒來看不到我，心裡很不安，才跑出來找我？

我有一段難忘的回憶。

那件事發生在我比現在的真雪還小的時候。以前母親因為身體不好，就把我們這些兄弟姊妹分別送到親戚家，而我被帶到了外婆家。外公早在媽媽小時候就過世了。

某天醒來時，我發現黑暗之中只有自己一個人，原本睡在旁邊的外婆不知道去哪了，而且我還聽到一個奇怪的沙沙聲，不知道是打哪來的。

我感到很茫然，沒過多久就開始大哭，口中不住地喊著外婆。那間屋子裡除了外婆，還住了舅舅、舅媽，以及一群表兄弟姊妹，但我完全不記得當時他們怎麼了，只記得自己一直哭喊著外婆。

外婆很快就跑進來，一邊說著「怎麼了，小駒？作惡夢了嗎？」，一邊打開窗外的遮雨板。耀眼的晨曦充滿了房間，我的害怕頓時煙消雲散。這時我才發現外婆的手上拿著掃帚，原來那個奇怪的聲音是外婆在打掃庭院。

我偶爾會想起這件事。這是我對已故的外婆最早的一段回憶。

我帶著真雪走出體育館。淡藍色的雲朵反射著陽光，散發著淡淡的光暈。操場邊的單槓和盪鞦韆看起來小到滑稽。我和那些遊樂器材之間已經隔了很遠的距離，無論是時間或空間。

有很多人覺得童年時代是最美好的，很想要回到小時候，但我一點都不想回到那個時候。

「在某個鄉村，有個叫做疾風的小男孩。他做什麼事都比別人差，動作也比別人慢，但他絕對不會半途放棄，雖然他很膽小，但絕對不做違背良心的事，他就是這樣的人。在放暑假的時候，疾風認識了一個叫做『菖蒲小姐』的漂亮女人。」

我自然而然地講起了《七個孩子》的故事。那時我說的是第七篇〈明天綻放的花〉。這是《七個孩子》的最後一篇，故事之中暗示了疾風和「菖蒲小姐」的離別。

我會想起這個故事，多半是因為昨天見到女孩時旁邊有一長排的繡球花。在〈明天綻放的花〉裡，繡球花扮演著很重要的角色。

「菖蒲小姐」是疾風偷偷幫那個女人取的綽號，他當然不會當面這樣稱呼她，但是疾風有一次不小心脫口喊了出來。「菖蒲小姐」得知這是因為他們初次見面時她穿著如同菖蒲一般的絳紫色薄衫，就笑了出來，然後聊起花的話題。

那個村子裡的繡球花全都是粉紅色的，只有疾風家的花是漂亮的藍色。說完這件事之後，疾風說起了父親告訴他的故事。

在疾風的父親和現在的疾風差不多年齡的時候（疾風實在無法想像父親曾經也是個孩子），有一個非常要好的朋友。該說他很有勇氣嗎？總之他經常做些讓調皮的朋友們都為之捏把冷汗的事，譬如從很高的圍牆上跳下來，或是爬到非常細的樹枝上摘柿子。在孩子們的眼中，這種魯莽的行為會被視為英勇的表現，而他就是因為輕鬆自若做出這些危險挑戰而獲得同伴們的尊敬。

不過這個男孩很羨慕疾風父親擁有的某樣東西——一把手槍。那當然只是玩具槍，疾風的父親也知道朋友多麼喜愛他的槍，心中十分得意。

某一天，兩人玩起海盜遊戲，要把寶物裝入小箱子埋在土裡。朋友堅持要將那把槍放進箱子，因為海盜的寶藏裡面沒有槍就太不像話了，疾風的父親只好心不甘情不願地照做。

朋友先把箱子藏好，疾風的父親再去找，但寶箱和少年都消失了。這個男孩不久之後就搬家了，從此再也沒人知道那把閃閃發亮的手槍的下落。

「菖蒲小姐」聽完這件事，立刻說出了寶箱的所在地點，驚訝的疾風趕緊跑回家，在院子裡的某一處挖掘，結果真如「菖蒲小姐」所說，他在那裡挖出已經腐朽的破爛木箱。

疾風的父親啞然無語地看著那些沾滿泥土的物件，裡面有彈珠、王冠、被水泡得濕濕爛爛的尪仔標殘骸，還有那把手槍。疾風的父親拿起槍，槍已經不像過去那樣光亮，槍口和扳機的縫隙中都塞滿了泥土。

『原來是這麼便宜的玩具啊。』

疾風的父親感觸良多地喃喃說道。『爸爸聽說那個朋友在很久以前就過世了，是怎麼死的就不知道了。』

說完之後，兩人又陷入沉默。

疾風向「菖蒲小姐」報告了事情經過，問她怎麼知道寶箱埋在繡球花底下。「菖蒲小姐」靜靜地開始解釋：

『我大概想得到你父親的朋友是怎麼過世的。那個人一直拚命做些別人學不來的事，藉此贏取別人的尊敬，因為他只知道這種方法。但你的父親不需要做這麼危險的事就能得到大家的尊敬，那位朋友一定很難接受，所以才想要把他的槍拿走。

我猜那把槍應該還藏在你們家的院子裡，這樣他就可以安慰自己說這不是偷竊，只是藏起來。

繡球花是很有趣的植物喔，我聽說過，繡球花會開出粉紅色或藍色的花朵，是由土壤中鋁元素的含量來決定的。那把玩具手槍一定是鋁製的吧。

這個庭院也種了很多繡球花呢。疾風，你在這個夏天經常跑來玩，但如果有一天我不在了，你應該不會感到寂寞吧？對了，明年這裡的繡球花如果只有一株開出藍色的花，你會去挖開來看嗎？』

「菖蒲小姐」用銀鈴般的清脆聲音笑了。

『沒人知道明天綻放的花是什麼顏色。』

8

「這個嘛，我想應該是……」

我一邊思索，一邊凝視著畫在地上的蒲公英。我知道蒲公英的花朵是黃色的，但小雪的蒲公英一定是白色的。我深深吸了一口氣，說道：

「應該是白色的吧。」

女孩睜大了眼睛，然後一臉認真地問道：

「妳看過白色的蒲公英嗎？」

「我沒有看過，但我希望將來有機會看到。」

這次我不加思索地回答。這不是符合課本的答案，也不是真實的答案，而是真雪期待的答案。

女孩聽我說完，便露出了微笑。這是我第一次看到她的笑容。我訝異地看著女孩，心想這孩子原來這麼可愛。

我們手牽著手回到體育館。老師們和大部分的孩子都起床了，正在摺毯子的富美笑著望向我們。

「小西老師很有眼光呢，因為她挑了妳當真雪妹妹的朋友。」

後來她對我這樣說。我自己也這麼覺得。

小西老師必定從一開始就看出來了。我和真雪其實很像。

吃完了包含白飯、味噌湯、荷包蛋的早餐後，終於到了解散的時刻。我們在收拾的時候，有個女老師喃喃說道：

「奇怪，碗少了一個。吃飯的時候數量明明剛剛好啊，怎麼會不見呢？」

「大概是被誰吃掉了吧。」

進藤老師開玩笑地說，聽得大家都笑了。

我靜靜地站起來。我大概猜得到那個碗去哪了。

我和《七個孩子》這本書相遇時正好是繡球花開的季節，那時我心血來潮買了一盆繡球花，當然是粉紅色的。我砸下重本，塞了十八圓進去，每天勤奮地澆水，等著它開出藍色的花。大家都知道，一圓硬幣是鋁製的。

弟弟聽到我這了不起的實驗之後，很鄙夷地說：

「這樣就算開出藍花，也不知道是不是因為一圓硬幣。妳應該多買一盆當作對照組才對嘛。」

雖然我感覺被踩到了痛腳……

「怎麼可能嘛，你知道光是這一盆就花了我多少錢嗎？」

我卻用毫無科學精神的理由反擊。

後來那盆繡球花確實開出了淡淡的藍色花朵，我深信絕對是那十八圓硬幣的功勞。

孩子們都收拾好行李了，開始吵鬧起來。小雪靜靜坐在收拾好的背包前，我靠在她耳邊低聲說道：

「希望明年能開出藍色的繡球花。」

女孩驚訝地抬起頭，然後看著我笑了。那是惡作劇孩子的笑容，原來她也會這樣笑。我也回了她一個會心的微笑。

事情很簡單。我們在夏令營中使用的餐具都是鋁製的，而我和富美在吃飯時聊到了這件事，真雪表面上漠不關心，但她一定聽見了我們說的話，吃過早餐之後，就有一個鋁碗失蹤了。

如今那個鋁碗應該埋在某一株繡球花底下吧。

別說是明年綻放的花了，就連明天綻放的花會是什麼顏色都沒人知道。

母親們陸陸續續地來接孩子了，孩子們都興奮得臉頰泛紅，用高亢的聲音描述著前一天的營火晚會，以及睡在體育館的事，母親回答「這樣啊，太好了」的柔和聲音有如輕飄飄的羽毛夾雜在其間。

進藤老師把住得遠的孩子們聚集起來，準備開自己的休旅車送他們回家。真雪也在其中。老師面帶笑容地將孩子一個個抱上車，孩子被抱起的時候都高興得又叫又笑。

我覺得進藤老師真是個好老師，他熱情、開朗，又喜歡小孩。雖然我沒資格說這種話，但我還是會懷疑他的教師經驗不夠成熟，因為他沒有注意到熱情和常識有時會對脆弱的孩子造成威脅。譬如真雪這種孩子。照顧這些孩子就像孵著薄脆易碎的七彩蛋。

最後一個上車的小雪從車窗內望著我，車子發動之後，她揮著小手向我道別。我感覺淚水湧上了眼眶。旁邊的朋友溫柔地拍拍我的頭。

9

敬覆者：

您知道北原白秋的歌集《桐之花》裡有這麼一首歌嗎？

回望舊園荒，回望牆垣圮。踏過蒲公遍地白，莫是春深矣？

這是北原回到故鄉柳川時寫的歌。我手邊的書對這首歌是這麼解釋的：「踏進我從前住過的宅邸，只見斷壁殘垣，荒煙蔓草，蒲公英的花已經凋謝，剩下白色的絨球。看見被我踢散的絨毛，不由得為了春天已逝而感到悲傷。」

書中說這首歌充分地表現出白秋描寫已逝之物的優美筆調，對這首作品讚不絕口。我看過的其他書也都是用同樣的角度來解釋這首歌。

但我不同意他們的論點。要和這些國學大師唱反調令我有些惶恐，但還是先從字義的角度來看吧。

我最在意的是「春深」一詞。所有評論都把這個詞解釋成「春天將盡」，其實春深也有「春色正盛」、「春意盎然」的意思。

照這個解釋來看，白話語譯應該是「這豈不是春色正盛的好時節嗎？」。為什麼所有人都要把它解釋成「春天已逝」呢？

不用說，當然是因為歌中的「蒲公遍地白」。如果認定這個白字說的是蒲公英的絨毛，自然會這樣解釋。

但事實真是如此嗎？

那位女孩把著色畫的花朵塗滿白色，真的是因為心理問題嗎？

光從您信中的描述來看，我並不這麼覺得。那麼，女孩是靠想像力畫出了不存在於世上的顏色嗎?
這個解釋比較有可能,您也是這麼認為的吧。不過我要提出第三種解釋,或許這才是真正的答案。
女孩為什麼把蒲公英畫成白色呢?
您明白了嗎?那是因為女孩確實看過白色的蒲公英。
如果您的手邊有百科全書,請務必翻開「蒲公英」的項目看看,底下會列出各式各樣的品種名,如:西洋蒲公英、蝦夷蒲公英、關東蒲公英……還有「白花蒲公英」。
從字面來看就知道,那是會開出白花的蒲公英。
百科全書明明記載著蒲公英有白色的花,卻很少人知道這件事。這是因為白花蒲公英只生長在西日本的某些地區。
既然北原白秋的故鄉是九州柳川,那麼將他歌中的蒲公英單純地解釋成「白色的蒲公英花朵」又有何不可?
白秋確實經常寫些悲春傷秋的詩歌,但若摒棄「蒲公英的花朵是黃色」的成見,再去賞析這首歌,一定會感受到在無人居住的荒廢庭園裡盛開的蒲公英充滿了生命力。
白色蒲公英即使受人踐踏還是會重新振作,堅強地長滿整個庭園。

您說過那位真雪妹妹家中出了一些問題，所以有一段時間寄養在九州的親戚家，或許她就是在那時候看到了白色的蒲公英。以下只是我的想像，女孩可能因為自己的名字有個雪字，所以喜歡雪的白色，也是因為這樣，她才特別喜歡白兔，還把著色畫裡的花朵全都塗成白色。

我可以想像進藤老師再三地告訴真雪妹妹「沒有白色的蒲公英」。就算她不是年紀那麼小的孩子，親眼看過的東西被人家否定，一定會很沮喪吧。

那位女孩能遇到您真是太好了，這樣世上至少有一個人肯定了她的「白色蒲公英」。

您在不自覺的情況下為那位女孩打開了一道出口呢。

我在讀信的時候就覺得您很像白花蒲公英，彷彿隨處可見，但又非常特別，您可以包容那些無聊的成見、價值觀和常識，又能毫無顧忌地加以否定，兼具了白花的脆弱和蒲公英的堅韌……

真希望有朝一日可以和您一起去看白花蒲公英。

開滿了整片原野的白花蒲公英。

七……七個孩子

1

『和尚和尚，我帶小魚乾來了，可以給牠們吃嗎？』

疾風趴在永齋寺的檐廊邊緣，向和尚問道。

『怎麼，小施主，你又來啦？牠們不能吃小魚乾喔，因為牠們現在還得喝母奶，就像小施主一樣。』

和尚說完便豪邁地大笑，疾風霎時紅了臉，他氣鼓鼓地否認，而和尚當然早就知道沒這回事。

『那你餵給小白吧，這樣就好啦。』

疾風甩掉鞋子，爬上檐廊。自從貓和尚當了永齋寺住持之後，孩子們便時常在這裡自由進出。

小白在夏末生了孩子，牠是和尚養的其中一隻貓。小白是三隻貓裡面最瘦小的，卻很爭氣地生下七隻小貓，讓貓和尚的寺廟更進一步地成了「貓寺」。

和尚請人坐下時，客人會發現坐墊上躺著花貓；觀音像的供品旁邊躺著小黑叼來的死老鼠……在這間寺廟中充斥著諸如此類和貓相關的話題。甚至有人說，正在進行法會時看到小白在肅穆低頭的村民面前悠然走過，後面還跟著七隻搖搖晃晃的小貓。

最後那件事多半是假的，畢竟七隻小貓才剛出生，不可能跟在母貓身後列隊行進。

疾風對那些小貓非常著迷，動不動就跑到寺廟。其中有隻小貓全身雪白，只有尾巴末端是黑色的，疾風最喜歡的就是那一隻。

『小施主既然這麼喜歡牠，就把牠帶回去養吧。』

疾風正用小魚乾討好母貓小白，抱著小貓時，突然聽到和尚這麼說。

『可以嗎？』

『當然可以，不過也要你的父母同意才行。』

無論是怎樣的家庭，孩子在這種情況下鐵定不認為父母會拒絕。這麼可愛的小貓咪，大人怎麼可能不喜歡呢？

疾風興高采烈地帶著小貓回家，詢問父母「可以養嗎？」。疾風的雙親在這種情況下也和所有父母一樣，第一反應都是「不可以」。但這也只是第一反應，因為他們兩人都很喜歡動物，最後還是允許了。

他們要兒子保證「自己負責所有照顧貓的工作」（還刻意裝出一副不情願的模樣），之後就接納小貓成為家中的一分子了。

疾風告知和尚這件事，他笑咪咪地說「那真是太好了」。其他小貓也都被喜歡貓的人家一隻一隻地領養，和尚總算鬆了口氣。

『有些人不喜歡貓，如果貓再繼續增加，會讓人不想來寺廟，所以頂多只能養個三隻。』

貓和尚有些感傷地說。

隔天就發生了那樁「怪事」。

疾風一早醒來，就發現籠子裡的小貓消失了，他驚慌失措地找遍了家中每個角落，接著又跑到庭院裡去找，還是沒有找著。母親看到孩子哭喪著臉的模樣，似乎想說些什麼，但還是陪著他一起找，結果連個貓影子都沒看見。

疾風跑到永齋寺。貓和尚一看見他悲慘的神情，就癟著嘴說：

『怎麼了？貓不見了嗎？』

疾風驚訝萬分，接著和尚告訴他，領養了小貓的人家今天早上一個個跑來，大家說的都是同樣的話。

『剛帶回家的小貓不見了。』

在少年之後又有兩個人為了相同的事情而來，結果七隻小貓全都不知去向。

母貓小白彷彿沒意識到自己的孩子們出了大事，還是悠哉悠哉地躺在寺廟的檐廊梳毛。

『你的孩子們都不見了耶。』

疾風對小白說道，而小白只是漠不關心地打著哈欠。

這件事太奇怪了，雖然這個村子很小，但每戶人家都相隔得很遠，怎麼可能七隻小貓同時消失無蹤呢？

疾風的奶奶說『大概是被抓貓的人抓走了吧』，少年問道『為什麼要抓貓？』，得到的回答竟是『要剝牠們的皮拿去做三味線』，少年一聽就臉色發青地衝出家門。他當然是去找「菖蒲小姐」了。

『有一首歌是這樣唱的：「烏鴉烏鴉，你在叫什麼」。』（註13）

「菖蒲小姐」聽完疾風的話，就溫柔地說道。

『烏鴉在叫什麼呢？』

『因為牠在山裡有七個孩子啊。可是講這些幹麼？我說的是小貓，又不是烏鴉。』

疾風有點不高興。「菖蒲小姐」吃吃地笑了，大概是早就猜到少年會有這種反應。

13　日本童謠「七個孩子」，歌詞是：「烏鴉烏鴉，你在叫什麼？因為山裡有七個可愛孩子唷。好可愛，好可愛，烏鴉在叫著。好可愛，好可愛，烏鴉在叫著。去看看山裡的老窩，那裡有著眼睛圓滾滾的好孩子唷」。

『烏鴉叫的是「好可愛！好可愛！」唷。』
她仍繼續調侃著說。
『別這麼生氣嘛。我不知道小貓在哪裡，但我可以教你怎麼找。』
「菖蒲小姐」對疾風說了些悄悄話。

片刻之後，疾風跑去蹲在永齋寺的門邊，和尚與路過的行人都對他投以異樣的眼光，而疾風也不搭理，只是把食指按在嘴上發出噓聲。大家都覺得這孩子怪裡怪氣的，但疾風還是頑固地蹲在那邊。

過了許久，躺在檐廊的小白終於慢慢地起身，牠緩緩伸著懶腰，眼睛卻小心翼翼地打量著四周，然後輕盈地跳下檐廊，走向疾風躲藏的地方。疾風心中一驚，只見小白走到一棵歪歪斜斜的松樹邊，一口氣爬上樹梢，三兩下就跳上牆頭，悠然地走在圍牆上。

疾風連忙追去，小白似乎沒有發現，但他還是很謹慎地遠遠跟著。

突然間，小白轉了個方向，猛然跳上甯簷，接著開始狂奔，疾風根本追不上，只能茫然地目送著小白那雪白的尾巴消失在屋頂。

後來疾風繼續跟蹤，又被小白機靈地甩掉了兩次，到了第四次，他終於發現小白鑽進了一間骯髒破舊的小屋。不知道是哪戶人家廢棄的舊倉庫。

『我想那些小貓一定是被小白藏起來了。』

「菖蒲小姐」說得沒錯，七隻小貓全都像棉絮一樣擠在骯髒小屋的角落，用細微的聲音咪咪叫著，而小白擋在牠們前方瞪著疾風，發出唔唔的低鳴，恐嚇似地豎起全身的毛，這和牠被疾風撫摸時喉中呼嚕作響的可愛模樣截然不同。

疾風非常驚訝，同時也感到胸口發熱。這小小的一隻貓竟然在一夜之間帶回自己所有的孩子，瞞著所有人偷偷地把牠們養在這裡，如今還拚命地保護那些小貓。

貓和尚聽完疾風的報告就濕了眼眶，說道：

『有人說過，動物雖然不會說話，但牠們疼愛孩子的心情和人類沒有兩樣。我本來以為早點讓小貓離開母貓比較好，看來是我錯了。真抱歉，小施主，你能不能等到小貓再長大一點呢？』

疾風當然用力地點頭。

2

我又重看了一遍和《七個孩子》同名的這篇故事，理由很簡單，這是因為我聽見有小孩在唱「烏鴉烏鴉，你在叫什麼？」，感覺很有秋天的味道。我正在默默讚賞這首歌選得好，後面接的卻是竄改過的歌詞「你管烏鴉那麼多」，害我差點跌倒。

真是太沒情調了。

（幹麼亂改歌詞啦！）

我在心中暴躁地罵道。

平時的我才不會計較這種事，只會一笑置之。要唱什麼歌是孩子的事，何必管他們那麼多。

不巧的是我現在心情很差，因為從上週開始變得不太對勁的臼齒突然痛了起來。

我沒有多少牙痛的經驗，那種綿延不絕的抽痛簡直令我生不如死。我平時喝的是無糖咖啡，不吃零食，而且都會乖乖地刷牙，為什麼還會落到這種處境呢？我明明沒做什麼壞事，這真是太沒道理了。

就這樣，我因奇怪的理由陷入了憤世嫉俗的漩渦。

為了轉換心情，我從書櫃裡拿出好一陣子沒看的《七個孩子》。母貓和七隻小貓的故事的確讓我稍微忘卻了牙菌斑正在侵蝕我寶貴臼齒的事。

看完了故事，小愛正好打電話來。因為電話線很長，所以我可以把電話拉到房裡，窩在自己的床上，像已故大平首相一樣「唔」、「喔」地回應。

「……怎麼了，小駒，心情不好嗎？」

足足講了三十分鐘之後，小愛才如此問道。

「牙痛。」

「哎呀，真可憐，如果牙痛可以代勞的話我很樂意幫忙，真的。」

她講得很好聽，但語氣之中毫無誠意，所以我也回答得很不客氣。

「那妳就代勞啊，現在，馬上！」

「哎呀，別這麼難過嘛。去看過牙醫了嗎？還沒有？那我介紹我看過的牙醫給妳吧，那間診所不大，但是醫生很親切，技術又好，我很推薦喔。沒有那麼痛啦。對了，妳今天先預約吧。」

「還要預約？」

「這年頭就連急診都得預約呢。」

小愛說得毫無轉圜的餘地，然後俐落地交代了地點。

我依言打電話去小愛推薦的牙醫診所預約，隔天便去看診。我家附近也有牙醫，我卻特地搭一站電車跑去更遠的地方看牙，這都是因為小愛那一句「沒有那麼痛啦」。

「看牙醫又沒啥大不了。不痛的，不痛的。」

非常怕痛的我在路上一直拚命地自我催眠，心理作用的影響力非常強大，到達目的地時我的牙齒已經不痛了。要說高興是很值得高興，但是當我張著嘴躺在診療椅上，被牙醫問到「痛的是哪顆牙齒」時，我只能含糊地回答「我不確定……」。

面對這麼不可靠的患者，頭髮斑白的矮小牙醫卻沒有顯出半點不耐。

「這顆牙齒感覺怎樣？會痛嗎？」

他一邊說，一邊用細長的金屬棒從我最裡面的牙齒開始敲打，敲到後來，一陣尖銳的痛楚瞬間貫穿我的腦門，痛得我皺起了臉。牙醫微微一笑，說著「是這顆吧」，又敲了幾下。

「妳這顆牙齒有治療過，現在可能又蛀掉了。總之我先拿掉填充物看看。」

此時我尚未搞清楚自己的處境，還悠然地望著窗外。百葉窗簾遮住了大半窗戶，只留了十五公分左右的空隙，但還是看得出來那是個小小的外凸窗。在那僅止方寸的空間，有麻雀時隱時現，起初只有兩三隻，後來又加入了其他同伴，沒多久就變成五、六隻，牠們啾啾叫著，鳥嘴忙碌地啄著，真是可愛。我很久沒有這麼近地看過麻雀了。

「為什麼那裡有那麼多麻雀？」

我天真地問道，而電鑽正發出可怕的聲響逐漸逼近。

「因為我們在那邊撒了飼料啊。好了，嘴巴張大。」

我還來不及反應，電鑽的尖端就鑽進我的牙齒。一旁的護士立刻把吸取唾液的管子伸進我的嘴裡。

我下意識地閉緊眼睛，卻覺得不怎麼痛，讓我頓時安心不少，心想難怪小愛說他技術很好。不過我放心得太早了，電鑽還在鑽填充物的時候確實還好，但是鑽到我真正的牙齒之後，劇痛就一波波地襲來。

「這麼怕痛的話，會被麻雀笑喔。」

牙醫看到我痛得五官扭曲，就笑著這麼說道。我輕輕睜開眼睛，看見那群麻雀仍然擠成一團啄食著飯粒還是什麼的。我總算知道那些麻雀在這間診所裡扮演的角色了。

我只轉動眼睛，望向另一扇窗戶，那邊的百葉窗簾也留了同樣大小的縫隙，外面整齊地擺放著兩盆紅色矮牽牛。

等到我牙齒的洞穴大到幾乎可以養蝌蚪時，電鑽終於停下來了。

「下週再來印齒模，我先用暫時黏固粉幫妳補起來。這東西很牢固，但吃飯時還是要小心。」

牙醫微笑著說道，我仍張著嘴巴，默默地點頭。

先鑽開一個洞，再把洞補起來，這跟挖馬路的程序差不多。我懷著悲慘的想法，用舌尖舔一舔剛治療過的牙齒，感覺那裡厚厚的，還有一股變質的牙膏味道，真是令人不舒服。

我又瞄了麻雀一眼，然後向牙醫和護士道謝，全身虛脫地走出牙醫診所。總覺得現在比還沒治療時更痛了，牙醫鑽的真的是蛀牙的那一顆嗎？我帶著毫無根據的擔憂走下住商混合大樓的樓梯。

一樓有一間大書店。無論在什麼情況下，我只要看到書店絕對不會過門不入，所以腳步自然而然地朝向那邊。我慢慢地逛著，不時隨意拿起雜誌或新書翻閱，接著我突然瞥見一張漂亮的照片，那是用美麗星空當封面的天文書籍。

我翻了幾頁，裡面全是美得令人屏息的照片，內容非常豪華，價格當然可想而知。如今我的自制力已經被電鑽折磨到失去功能了，於是我抱著這本厚厚的書，踩著像夢遊患者一樣飄浮的腳步走向櫃檯。

「入江小姐。」

突然聽到自己的名字，讓我嚇了一跳。我無意識地按住牙痛那一邊的臉頰，抬頭一看，站在櫃檯裡的人愉快地望著我。

「你好……呃，你是瀨尾先生吧。」

在天文館打工的大哥這次又跑來書店打收銀機，他的工作還真不少。

「我老是出其不意地遇見妳呢。」

瀨尾接過書本，對我笑一笑，然後掃了書上的條碼。嗶的一聲，電子音效聽起來格外響亮。

「對了，這棟大樓的對面有間咖啡廳。」

他在包裝書本的時候突然開口說道。

「是嗎？」

我只能這麼回答。

「我再過十分鐘就換班了，妳先去那裡喝杯咖啡等我一下吧。」

我心想，邀請別人之前不是應該先問人家的意願嗎？反正閒著也是閒著，我回答「好的」，就走出了書店。我的腦袋還昏沉沉的，腦漿裡彷彿也塞滿了黏固粉。

那間店好像是咖啡專賣店，店面雖小，卻裝潢得很時髦。我走進店裡，迎面而來的是清脆的門鈴聲和一句含蓄的「歡迎光臨」，接著是一股咖啡的香氣。

店員拿來菜單，我想都不想就點了綜合咖啡，然後撐著臉頰，呆呆地看著窗外往來的行人。

對面可以看見我剛才去過的大樓，一樓是那間書店，二樓是牙醫診所，遠遠地望去還是可以看到診所的窗邊聚著一群麻雀。我又望向另一扇窗子，突然感到不對勁。

我躺在診療椅上被鑽著牙齒時，只看到窗外擺著兩盆紅色的矮牽牛，如今卻變成了四盆，多了兩盆我沒見過的白色矮牽牛，和原先的兩盆整齊地交錯排列。

我雖覺得奇怪，但又懶得深究，於是我拋下這件事，翻開剛剛買的豪華書本。

綻放在宇宙中的鮮紅花朵——玫瑰星雲、黑暗的馬頭星雲、十六萬光年之外的巨大毒蜘蛛——蜘蛛星雲、更遙遠的兩百三十萬光年之外的仙女座星雲……每一個都絢爛得令人嘆為觀止。

此時我的思緒馳騁在遼闊的宇宙間，牙痛那種小事好像變得無關緊要了……其實本來就無關緊要。

冬季星座金牛座的附近有一區星星特別密集，那是知名的昴宿星團。關於這個知名度高又深受喜愛的星團，書上寫了這樣的說明：「昴宿星團是非常年輕的星團，若以人類來比喻，就像還在爬行的嬰兒。」我正出神地看著這個星團寶寶的照片時，瀨尾來了。

「那是普勒阿得斯（Pleiades）星團吧。」

他對星星的知識非常豐富，只看一眼就認出來了。

「在希臘神話中，這些星星是擎天神阿特拉斯和寧芙女神普勒俄涅生的七個女兒。分別是：阿爾庫俄涅、刻萊諾、墨洛珀、厄勒克特拉、塔宇革忒、斯忒洛珀和邁亞。這些星星也被稱為七姊妹，在世界各地都很出名。」

「虧你記得住這麼多。」

我佩服地說道。我不太擅長外語，所以聽到這嘰哩呱啦的一長串音譯名詞不禁油然起敬。

「研究天文學的人自然會知道這些神話故事。」他不好意思地笑著說。「說到昴宿星團，有一個有趣的小知識，東北地區的方言把昴宿稱為『muzura』，意思是六連星。」

「咦？不是七姊妹嗎？」

「如果是視力很好的人，或是在觀測條件特別好的地方，甚至可以看到十顆以上的星星，但是一般人再怎麼努力頂多也只能看到六顆。關於這件事，科學解說家草下英明在他的著作提到一個有趣的看法，他認為很久以前能看到七顆星，但是後來有一顆不見了。希臘神話也提到了『消失的仙女』（Lost Pleiad），說邁亞化為流星消失了，彷彿是在證明他的看法。更有意思的是，世界各地都有類似的傳說，所以這個假設或許不是空穴來風喔。」

「星星有可能突然消失嗎？」

我心驚膽戰地問道。

「星星總有一天會毀滅，不過聽說年輕星團裡面的星星只會增加，不會減少。」

「真是個神祕的謎題。」

「宇宙之間的謎題就像星星那麼多呢。」

「對了，《七個孩子》裡面也有小貓消失的情節。」

「是啊，不過那個故事是七隻全都失蹤了。」

我噗哧一笑。

「談減少的話題太感傷了，來談談增加的話題吧。」

瀨尾上身前傾。

「什麼東西增加了？好像很有趣。」

「我要出題囉。」

做完開場白之後，我說出剛才看到的「矮牽牛繁殖懸案」。瀨尾順著我指的方向，望著窗邊的四個盆栽，笑咪咪地說：

「妳覺得盆栽像阿米巴原蟲一樣會分裂生殖嗎？」

「我是出題者，應該由你來回答。」

我泰然自若地說道。瀨尾點的咖啡送來了，他緩緩地啜飲一口。

「這裡的咖啡很好喝吧？聽說是濾泡式的。」

被他這麼一問，我只能含糊地點頭。我的嘴裡仍然充斥著半乾的黏固粉，所以管他什麼濾泡咖啡還是即溶咖啡，喝起來味道都一樣。但我當然不會說出來。

「妳知道秋天星座之中有個英仙座嗎？」

話題又繞回來了，這個人一講起星星就沒完沒了，就像是死抱著玩具不放的孩子。

「聽是聽過啦……」

「英仙座不像獵戶座和天蠍座那麼耀眼，所以知道的人也比較少。但是沒什麼名氣的英仙座卻有一顆很特別的星星，那就是英雄帕修斯拿在左手上、大地女神蓋亞和海神蓬托斯所生的可怕女妖的頭。」

「我知道，是蛇髮女妖梅杜莎。」

「妳說對了。在梅杜莎腦袋的位置，有一顆被稱為『惡魔之星』的阿爾格（Algol），這顆星很詭異地時明時暗，是有名的變星。它的亮度原本是二點二等，大約每兩天又二十小時四十二秒會降到三點五等，四個小時之後又恢復成原來的亮度。妳知道為什麼會有這種現象嗎？」

「大概是星星的活動像火山一樣，有時旺盛有時沉靜吧？」

「北冕座的變星確實是這樣，但阿爾格的情況更簡單。阿爾格看起來好像是一顆星，其實是雙星系統，兩顆星的亮度不同。假如亮星的亮度是七，暗星的亮度是三，當兩顆星並排就是最亮的時候，亮度是十。亮星繞到暗星背後時，亮度會減為三，暗星被亮星遮住時，亮度是七，但還是比最亮的時候暗。換句話說，阿爾格的變光現象是雙星系統彼此掩食而造成的。」

講到這裡，他突然露出了惡作劇孩子的表情。

「現在妳是不是想到什麼了？」

我茫然地搔頭，他又笑著說：

「矮牽牛多了兩盆的理由。」

過了幾秒鐘，我才領悟過來。

「什麼嘛，原來是這樣啊。」

「就是這樣。大概是因為空間不夠，所以四個盆栽不是排成一直線，而是前後交錯，就像英文字母的N。妳當時躺在診療椅上，視線的方向是固定的，而那個角度……」

「剛好和N的兩條直線同方向，對吧？」

我接著說下去。明白原理之後，這事就不足為奇了。

「這是盆栽的日食現象，紅花遮住了白花，和阿爾格變光的原理一樣。所以從這裡看過去，才會變成紅花白花交錯排列，這樣還滿好看的。」

「嗯，是啊。矮牽牛開花的季節就快結束了。另一扇窗外還撒了麻雀的飼料呢，這位牙醫真有趣。」

「好大的麻雀啊。」

瀨尾正經八百地說道，我望向他指著的地方，發現不知何時來了一隻鴿子，正在那邊啄食。

「那是鴿子啦。」

「喔喔，這樣啊。」

我搞不懂他到底是在開玩笑還是認真的。他又接著說：

「第一個解開阿爾格變光之謎的是英國的天文學家古德利克。他在十七歲時提出了這個假設，二十一歲就過世了，真是個年輕的天才。據說他不能說話，也聽不見聲音。」

「咦……」

我無言以對。

「我大概可以理解，他只剩眼睛能用，所以才會一直仰望星空，因為宇宙裡只有無限的寂靜。過了一百年後，古德利克的假設才被後世的天文學家證實。」

「我……」

我想說些什麼，卻又說不出來。此時我的心中充滿了感動。

「我覺得……」我好不容易才開口。「看星星和看書感覺挺像的。」

他或許會笑我吧，我的跳脫思考常常被朋友嘲笑。但是他沒有笑，還很認真地點頭。

「是啊，兩者所帶來的危險也挺像的。」

「危險嗎……」

我不自覺地反問，其實我大概可以理解他的意思。

「那個……」

沉默了一陣子之後，我們同時開口，然後面面相覷。
「啊，你先講吧。」我連忙說道。
「謝謝……其實也沒什麼啦，我只是要說這個週日是我最後一次去天文館打工，想問妳是不是可以來……」
「咦？」
「那天會講到我們剛才聊過的英仙座，我想妳或許會有興趣……妳也喜歡星星吧？」
他小心翼翼地問道。
「是啊。」我點頭回答。「很喜歡。」
「太好了。」瀨尾喃喃說道。「對了，入江小姐，妳剛才想說什麼？」
我想了一下，然後搖搖頭。
「留到下次吧，去天文館的時候再說。」
我又望向窗外的大樓，紅色矮牽牛和白色矮牽牛感情融洽地互相依偎著。

3

週日的天氣十分晴朗，但感覺有點冷，所以我在無袖的連身裙外面加了一件短袖外套。這令我意識到漫長的暑假終於接近了尾聲。

到了T百貨公司的天臺，我便四處張望。如今的景象和我在八月所看見的大不相同，原本坐落在小廣場中央的那隻可愛雷龍已經不在了。知道來龍去脈的我一想起那件事就不禁露出微笑。

但是看得見的改變不只是長頸龍消失而已，由於太陽帶來的熱量驟減，在陽光下玩耍的孩子自然就變多了。原先恐龍所在的地方如今是一座充氣式的方形游泳池，裡面裝滿了五色繽紛的橡膠球，有幾個孩子在裡面愉快地游泳。

一顆紅色的橡膠球滾到我的腳邊，大概是從游泳池裡掉出來的。我撿起那顆球，突然發現身旁出現了一位身穿淡綠色洋裝的女孩。

「真雪……」

我驚訝地看著那位女孩，她帶著靦腆的笑容朝我伸出兩隻小小的手掌，我把球交給她。原來那顆球是真雪丟過來的。

「妳怎麼會在這裡？有人陪妳來嗎？」

我彎下腰向少女問道，她指向天臺的一角，我一看就滿腹疑惑。站在那邊的是瀨尾和一位女性。她長得非常漂亮。兩人聊得很熱烈。

我不知道該不該開口叫他，結果他先注意到我了，便帶著那位女性一起走來。

「嗨，我給妳介紹一下，這位是麻生美也子小姐。」

瀨尾指著身邊的女性愉快地說道。

「我是麻生，初次見面。」

她口齒清晰地說著，朝我伸出右手。我被她的美麗優雅所折服，戰戰兢兢地伸出手去。她的手既纖細又柔軟。

「初次見面，我……」

「是入江小姐對吧？我聽瀨尾提過了。」

「妳記得麻生小姐的名字嗎？」瀨尾在旁邊插嘴說。「她是個插畫家。」

我眨眨眼睛，腦海裡鮮明地浮現了翠綠的田園風光和一位少年的身影。

「難道就是畫了《七個孩子》封面的那位？」

我驚訝地問道，眼前的女人笑著點頭。

「哇！太感動了！我很喜歡那幅畫耶！我也好希望自己能畫出那樣的作品呢。我會注意到那本書就是因為封面那幅畫太美了。」

「哎呀，真叫人害羞。不過我也很開心，謝謝妳。」

麻生小姐被我誇獎得非常不好意思。這時小雪從她的裙子後面探出頭來。

「啊，對了，我來給妳介紹一下這個孩子。這是我的女兒真雪。好了，真雪，快跟姊姊打招呼啊。」

麻生小姐彎下身子，把手按在女孩的肩膀上。我把這句話反覆想了幾次，才理解她是什麼意思。

「咦咦咦！」

我突然發出怪叫，把女孩嚇了一跳。我克制著音量說：

「所以真雪是麻生小姐的女兒囉？真的假的？」

我還是一副不敢置信的樣子。麻生小姐見我反應這麼大，也詫異地睜大眼睛。

「妳認識真雪嗎？」

「是啊……在八月底的夏令營。我去那裡當志工。」

「真的啊？世界還真小呢……瀨尾，難道你是知道這事才找她來的嗎？」

「我何必這麼做？」

他笑著搖頭。

「其實我以前也見過麻生小姐。」

我說出了澀谷那間畫廊的名稱，她聽了就輕輕地聳肩。

「這世界真的比我想像得小。」

她的結論讓我很有同感。不過，我到現在還搞不清楚瀨尾和這對母女的關係。

我正在猶豫該不該問，瀨尾就催著大家說：

「雖然早了點，但我們還是先進去吧，我也得先準備一下。」

在這不明所以的發展下，我們一行人魚貫走進銀色的建築物。真雪走著走著還對我微笑了一下。八月底的某個畫面突然浮上我的心頭，一個小女孩攀著我脖子的觸感，以及體溫。

天文館裡比我上次來的時候更空曠，所以感覺更寬敞了。

我們聽從瀨尾的建議，在最後一排依序坐下。從館內標示的方位來看，麻生小姐在中央，西邊是真雪，東邊是我。我悄悄地打量身邊那位女性。

她有一頭齊肩的大波浪捲，小小的金色耳環在髮絲之間散發著光輝。看著她的側臉，我突然覺得她很像某人。這時麻生小姐發現我在看她，就對我微微一笑。我終於知道她像誰了。

就是富美。

場內播放起說明事項，熟悉的「禁菸」和「禁止飲食」的文字出現在螢幕上。太陽漸漸西沉，瀨尾開始說明。我上次也這麼覺得，他的聲音真好聽，輕輕柔柔的。

他講解著秋季星空唯一的一等星——南方雙魚座的北落師門（Fomalhaut）、秋季四邊形、仙女座星雲。在這些引人入勝的講解之後，他說起了衣索匹亞皇室的壯闊故事。依照他的說明，秋天星座多半取自和衣索匹亞有關的神話故事。

「……救出安卓美達公主的英雄帕修斯其實有一段很曲折的命運，阿哥斯國的國王阿克里修斯有個獨生女叫達妮，有預言說國王將來會被達妮生的孩子殺死，他非常擔心，於是把達妮關進了青銅打造的密室，但是天神宙斯知道之後變成一道黃金雨落入密室，結果達妮懷了宙斯的孩子，這孩子就是帕修斯。」

我是不太清楚這個故事啦，但聽起來還挺腥羶的。話說這個宙斯還真是亂來，他對斯巴達王妃麗妲一見鍾情，就變成天鵝去一親芳澤，又變成老鷹抓走美少年加尼米德，到處生了一大堆孩子，總之就是個花心大蘿蔔。遠古神話的神祇多半都很好色。

說到達妮，會讓我想到以前在畫冊上看到的古斯塔夫・克林姆的畫作。他的作品充滿了情慾，評論家的意見也相當直接，說是「毫不遮掩的情色」。

先不管達妮是不是真的像古斯塔夫・克林姆的作品那樣充滿情慾，總之她後來帶著孩子逃到了塞浦路斯島，那裡的國王愛上了達妮，達妮卻以帕修斯為由拒絕了他，所以他後來才會要求帕修斯去殺死梅杜莎並帶回她的頭顱……

看著秋天的夜空，還真想不到背後隱藏著這麼高潮迭起的故事。偶爾抬頭仰望星空，我只覺得所見景象很符合秋夜的氣氛，透出一股寂寥。

即使想要看星星，但都市的夜空實在太亮，也太髒了。

性子比較急的客人已經開始拉起椅背，隨後燈光亮起。我發現第一個站起來的是麻生小姐，她的視線正急迫地掃射著這個圓形的空間。

「怎麼了？」

「真雪……不見了。」

「咦？」

「我剛剛才發現……她跑到哪裡去了呢？」

我望向前排座位，只有一顆很眼熟的紅球靜靜地躺在那裡。我想起了夏令營的事，這小女孩當時也曾突然失蹤。

「嗯？怎麼了嗎？」

瀨尾不知何時來了，他看見我們默默對望，就用輕鬆的語氣問道。真是樂天得叫人生氣。

「真雪不見了。」

麻生小姐重複了剛才說過的話，瀨尾睜大眼睛，說些「那可不得了」之類的話。

「我們分頭去找吧。」

他說完之後就快步走出去，留在原地的我們互看了一眼。

「那孩子到底去哪了？」

麻生小姐不知所措地說著同樣的話。

「總之我們先去找找看吧。」

「嗯嗯……」

我鼓勵似地輕按著她的背，兩人一起走出去。

現在雖是九月，但陽光還是很刺眼，麻生小姐舉起一隻手遮住眼睛。稍微泛黃的陽光底下有很多孩子在玩耍，其中卻看不到真雪的身影。

我們兩人開始在天臺四處搜索。果汁販賣機和水泥牆之間的狹小空間、塞滿空罐紙杯滴著黏稠水滴的垃圾桶背後，連這些不可能躲藏的地方我們都慎重地找過了。麻生小姐走到油漆剝落的欄杆旁，一臉驚恐地看著下方的街道。

「這道欄杆很高，也很堅固，而且故意做得讓小孩爬不上去。這也是應該的。」

我盡量用開朗的語氣迅速地說道。麻生小姐看著我，無力地笑了。

「的確是這樣。」

又過了一下，她才喃喃地說出「謝謝」。

瀨尾說要分頭去找，但我不想離開麻生小姐的身邊。與其說是擔心她，還不如說是不想落單。說起來還挺丟臉的，這種時候若是單獨一人，我一定會更慌張。

麻生小姐比我更加不安，她緊抿著嘴唇，不發一語，只有那雙理性的雙眼還不停地搜尋著每一個地方。

瀨尾究竟去了哪裡？整個天臺都看不到他，也看不到我們正在找的女孩。

「繼續在這裡找下去也沒用，我們得擴大範圍。」

頻頻看著手錶的麻生小姐聽到我的提議，首度露出驚慌的表情。

「可是要去哪裡找呢……」
「這個嘛，譬如玩具販賣部之類的……」
說到百貨公司裡孩子會去的地方，我一時之間只想得到那裡。
走到五樓的賣場，我才發現這是真雪最不可能來的地方，整層樓都籠罩著喧譁熱鬧、和真雪的個性極不搭調的氣氛，到處都可以聽到孩子們的興奮尖叫，以及最新型的玩具發出的電子音效。我真沒想到現在的玩具能發出這種聲音。我直覺認為小雪一定不喜歡這裡的吵雜，她也不適合這種地方。
我還是大致地掃視了一圈，然後對麻生小姐說：
「我們去七樓看看吧，從天臺下來的樓梯正對著售票處，那裡的店員說不定見過真雪。」
為什麼我沒有早點想到呢？我回憶起那位長相聰明的售票小姐。
麻生小姐點點頭，一邊自言自語：「怎麼辦？如果到了六點還找不到她的話……」
「六點？」
「沒什麼。」
她猛然抬頭，輕輕搖了搖頭，快步走向往上的手扶梯。
「穿淡綠色洋裝的七歲小女孩？真是抱歉，我沒有印象耶。是我疏忽了嗎？」

售票處女店員歪著腦袋回答。

「可是看到那麼小的孩子沒有大人陪著，應該會發覺不對勁吧。」

我急忙追問。

「是啊，您說得沒錯，不過通往天臺的樓梯有很多帶著小孩的人上上下下的，如果她跟著別人走，我們就不會注意到了。」

她還是一樣回答得有條有理。我不禁感到氣餒，但她說得沒有錯，就算看到小孩單獨一人，只要那孩子沒在哭，大家自然會覺得他的家人在附近，百貨公司這種地方本來就是這樣。孩子迷路時會哭還比較讓人放心，但真雪不會哭，她只會一聲不吭地默默消失。售票小姐見我沉默不語，便一臉擔心地問道：

「請恕我多嘴說一句，如果小孩走丟，可以去櫃檯廣播，這樣每個賣場的人都會幫忙留意，一定很快就能找到了。」

她微笑地說完，我原本想要點頭，但是一旁的麻生小姐卻婉轉地制止說：

「不用了，她應該不會跑太遠，很快就會找到了。」

她向女店員點頭致謝，立刻轉身走開，一邊走還一邊看著手錶。

「麻生小姐。」我匆匆追上去，向她問道：「為什麼不去廣播呢？還有，為什麼妳這麼在意時間呢？六點有什麼事嗎？」

只見她臉孔一皺，像是快要哭出來，我立刻驚慌地閉上嘴。我說錯什麼話了嗎？

她猶豫片刻，才緩緩說起：

「……我和那孩子的父親約在這裡見面，我們有些事要商量。他想要爭取真雪的監護權，跟我談了很多次，一直不肯放棄，但我至今都沒答應……他現在一定在百貨公司裡，如果我去廣播……他就會知道真雪不見了……」

「我明白了。」我急忙打斷她的話。再讓她說下去就太殘忍了。我想起了在夏令營的時候小西老師說過真雪家裡的事。

「距離六點還有十五分鐘，總之我們再找找吧。」

我努力擠出笑容。

話雖如此，我們依然找不到女孩的行蹤。我之前都不知道，在百貨公司裡藏起一個小女孩竟是這麼容易的事。這裡就像一個箱型的小城市，一個巨大的迷宮，無限的人、物、金錢被吞進去又吐出來，如同一個貪婪的胃袋。

但是女孩一定還在百貨公司，一定還在這個巨大的方形密室之中。

我毫無根據地如此確信。

方形密室。這個詞彙浮上我的腦海時，我突然覺得剛才也聽過類似的話。正確說來不太一樣。那是青銅的。

青銅密室。帕修斯的母親達妮被監禁的地方。但是天神宙斯完全不把這個密室放在眼裡，變成一道黃金雨鑽到達妮的身邊……

我昏暗不明的思緒彷彿被針戳出一個洞。一線光芒從那個小孔照進來。光。對了，黃金雨不就是光嗎？

「麻生小姐！」我脫口叫道。「是光，就是光啊！剛才在天文館裡的時候有光照進來嗎？」

「啊？」

她不解地看著我。

「妳有這種印象嗎？因為光照進來而看不見星星？」

「我想應該沒有……」

「正是如此，沒有光照進來。為什麼我沒有早點發現呢？天文館的門沒有打開過，所以光照不進來，也沒有人可以出去。至少在節目進行時是不可能的。」

麻生小姐露出恍然大悟的神色，她輕輕張著嘴，還沒說話就直接跑出去。

夜幕將臨的天臺上只有稀稀疏疏的幾條人影。麻生小姐快步跑向那棟銀色的建築物。

我一打開天文館的門，就看到有位女孩坐在最後一排座位。她穿著和椅套相同顏色的洋裝，彷彿和背景融為一體，但她確確實實就坐在那裡。下一秒鐘，女孩的身影被遮住了，她的母親跑過去抱住她。

後面有人在叫我，我轉頭一看，原來是瀨尾。

「六點之後這裡被她們一家人包場了。我們先迴避吧。」

我被他趕著離開時，剛好有個男人走進來，在擦身而過的時候他對我輕輕點頭致意。

「剛才那位就是真雪的父親。」

瀨尾輕聲說道。我忍不住轉頭望向那人的背影。他壯碩的體型給人一種堅決的印象。

關上門之後，銀色的建築物變成了不可侵犯的聖域。我們兩人一起離開了天文館。

瀨尾靠在欄杆上眺望著霓虹燈接連亮起的街道。我想起了八月的某個大熱天曾經和瀨尾在同一個地方聊天。

「……我的臉上沾了什麼嗎？」

瀨尾迷惘地問道。我目不轉睛地注視著他。

「糟糕，我是不是做錯了什麼事？」

瀨尾一副心虛的模樣。我深深吸了一口氣。

「我們第一次見面的時候，我就覺得你很眼熟，好像在哪裡看過，但又一直想不起來。最近我終於想到了。」
「我記得第一次看見妳是在公車站……」
瀨尾的表情依然困惑。
「嗯，是啊。對你而言是這樣沒錯，對我來說卻不是。」
「就像在澀谷和麻生小姐巧遇那樣嗎？」
「不太一樣，我是單方面地看見你。」
我停頓了一下。
「《七個孩子》的封面……那張疾風的畫像是照著你畫的吧？你就是『菖蒲小姐』……不對，是佐伯綾乃。沒錯吧？」

4

這次輪到瀨尾目不轉睛地看著我。我眨了眨眼睛，但仍然堅定地承受著他的視線。
「真的是這樣吧？之前回信給我的就是你吧？」
我再次問道，他稍微睜大眼睛，然後露出放棄的笑容。
「真有妳的。」他輕輕舉起雙手。「我投降。回信給妳的人確實是我。」

「為什麼你一開始不告訴我呢？不然也可以在我們第一次見面的時候說嘛。」

我無法掩飾語氣之中的譴責。

「那是因為……」瀨尾難堪地搔搔鼻子。「和我答不出妳第一個問題的理由一樣。因為我不是『菖蒲小姐』。」

「既然回信是你寫的，那你不就等於是『菖蒲小姐』嗎？」

「這是兩回事。我不是『菖蒲小姐』，頂多只能算是『疾風』。就像妳說的一樣，封面上的疾風應該就是我，雖然我沒有正式當過模特兒。」

「那麼誰才是『菖蒲小姐』呢？」

聽到他的回答，我不知為何有些失望。

「綾乃是我的姊姊。佐伯是我們母親的舊姓。」

瀨尾緩緩地解釋。突然出現的「姊姊」二字彷彿帶有某種特殊的含意，給我一種異樣的感覺。我突然有些喘不過氣。

「姊姊？那為什麼是你回信給我，而不是你姊姊……」

「她沒有辦法回信。」

「為什麼？」

「她兩年前就過世了。」

我倒吸一口氣，沉默如一陣寒風吹過我們之間。

「……所以你才幫她回信？為了不讓我失望？」

「是這樣嗎？」

瀨尾貼近欄杆，微微一笑。「說不定是為了我自己。」

他的語氣深沉得令我不敢隨便刺探。

我試著想像瀨尾的姊姊會是怎樣的人。和他一樣優雅的五官，柔和的嗓音，還有溫柔的個性，彷彿能看透一切、高深莫測的女性，既神祕，又充滿了謎……沒錯，就像「菖蒲小姐」一樣。

我的身體輕輕一顫。

「……姊姊的遺物之中有一本筆記本。」

他像是在自言自語，繼續說道。

「那是寫給我的，總共有七篇故事，既不是童話故事也不是幻想小說。她從以前就很喜歡寫作，但是我從來沒發現她寫了這些故事……」

「就是《七個孩子》？」

瀨尾點點頭。

「不過那些故事和妳看到的不太一樣。」

「哪裡不一樣？」

我歪著頭問。

「姊姊寫的故事裡沒有『菖蒲小姐』，那是我想出來的人物。」

「可是這麼一來不就……」

我失聲叫道，但說到一半就說不下去了。

「是啊，姊姊的故事都留著懸而未解的謎題，沒有做出任何結論，就像芥川龍之介的《竹林中》一樣。過了很久之後，我才明白姊姊這樣寫的用意是什麼。」

綾乃小姐為什麼寫下這些沒有結局的故事呢？

『來吧，試著解開這些謎題吧……』

給唯一的弟弟留下七個謎題而撒手人寰的女性。我再次感到戰慄。她為什麼要這樣做呢？這背後有著怎樣的含意呢？

「她是為了讓你不要太傷心吧？希望你在思考謎題的過程中忘了悲傷？」

我用很小的聲音問道。瀨尾癟著嘴，像是在苦笑。

「……我大概真的很熱愛謎題吧，會喜歡天文學多半也是因為這樣。」

「因為宇宙之間的謎題就像星星那麼多？」

「是啊。」他笑了。「不過那些都是我解不開的謎題，而姊姊給我的是我有辦法解開的謎題。推敲姊姊的心思確實很有趣，所以解完七個謎題之後……」

他沒有說下去。

「……就不知道該做什麼了？」

我悄聲問道。瀨尾微微一笑，然後直視著我說：

「就在這時，我收到了妳的信。妳的信為我提供了很多新謎題。有的滑稽，有的感傷，各式各樣的小小謎題。或許妳會笑我吧，我從來不曾像這個夏天一樣過得這麼生氣蓬勃。在信件往來之間，我越來越想見見妳本人，所以才特地去了那個公車站。」

「原來是這樣啊？」我慌得提高了音調。「難怪我後來都沒有在駕訓班看到你。」

「坦白說，我已經有駕照了。」

「你一開始就知道是我？」

我瞪著他說。瀨尾苦笑著回答：

「一開始我還不確定，但是聊起來之後我就知道一定是妳。」

當時我們聊了什麼事能讓他確認我的身分嗎？看到我疑惑的表情，他才坦承地說：

「其實是因為當時有人叫了妳的名字啦。」

什麼嘛，原來是這樣。我刻意地乾咳了兩聲。

「總而言之，我很敬佩你的推理能力，你確實很厲害。不過……」我鏗鏘有力地說下去。「你是不是瞞過我一兩次呢？」

「瞞妳？」

「別跟我裝傻。福爾摩斯先生，你聽好，華生偶爾也是會贏過名偵探一兩次的。讓雷龍飛上天的人是誰啊？」

我說完便笑了出來。瀨尾嘆了一口氣，然後也跟著笑了。

「好啦，我早就投降了。那確實是我的惡作劇。」

「果然沒錯。我一直覺得很奇怪，只有那次的回信特別簡短，語氣之中還透出一股焦慮，而且你從頭到尾都沒有談到那件事是誰做的，像是在逃避什麼。那種惡作劇只有在天臺上工作的人才做得到，說不定用來壓繩索的冰塊就是店員提供的。賣霜淇淋的那間店。」

「……我在回信的時候就想過事情可能會曝光。」

瀨尾搔著鼻頭說。

「做那種事沒關係嗎？我是不太確定啦，那樣應該算是竊盜或侵占罪吧？」

「如果被抓到的話。只要妳不說出去就沒事了。」

「什麼嘛……」

「妳也等於是共犯喔。」

瀨尾露出了狡詐的笑容。

「我？」

「因為妳提到乘著游泳圈像水獺一樣漂在海上很舒服啊，當時又剛好有個小孩踢了雷龍一腳……」

我回想起當時的情景，確實有這回事。可是誰會因此做出這麼離譜的惡作劇啊？除了瀨尾之外大概也沒有別人了。我忍不住笑出來。

「算了，只要結局圓滿就好了。」

我換了個話題。

「其實我還有一個問題想要問你。」

「希望我回答得出來。」

他好像很擔心。我正色說道：

「是關於今天的事。我實在無法釋懷。」

「什麼事？」

「你知道我和真雪的關係，所以你約我今天來這裡應該不是巧合吧？」

「誰知道呢。」

瀨尾說得一副事不關己的樣子。他望著對面大樓的霓虹燈，然後拉回視線。

「妳覺得我會千方百計地去插手別人家的事？」

「……真雪失蹤的事怎麼想都很不自然。而且一開始是因為你說要分頭搜索，搶先跑出去，我們才會誤以為真雪跑出去外面了，結果她從頭到尾都在天文館裡。」

「這只是我的假設……」瀨尾連忙說道。「我覺得麻生小姐可能會放棄真雪的監護權，至少她已經開始考慮了。她今天來這裡就是為了和前夫商量。」

我點點頭。

「真雪不像普通的七歲小孩，她很聰明，心思很敏銳，妳一定也很清楚吧。」

我再次默默點頭。

「而麻生小姐是個意志堅定的人，如果經歷過真雪失蹤的事，她一定不想再失去真雪。真雪應該是這麼打算的。不過這些只是我的想像。」

我想起剛才麻生小姐急得像熱鍋上的螞蟻的模樣，還有女孩一開始那個別有深意的笑容。可是……

「不只是想像吧？」

不是想像，也不是猜測。事實正是如此。

真雪確實是個聰明的孩子，她為了留在母親的身邊，才做出這場表演。

年僅七歲的孩子。

這個孩子會為了看兔子而失蹤，但不會為了其他目的而失蹤。至少不會是她自己想出來的。

我緊盯著瀨尾的雙眼。

「這也只是我的想像……或許有人對真雪灌輸了某些想法，要她在母親做出無法挽回的決定之前先做些什麼吧？在天文館裡也是有人悄悄離席把那孩子藏起來的吧？」

就算女孩的衣服和椅套同色，我們起先沒發現她在天文館裡實在很不合理。

「對耶，如果是入江小姐說的話，那孩子一定會聽的。」

「如果當成是我轉告的，誰去說都行囉。」

我終於明白了自己扮演的小小角色。

「或許是這樣吧。」

瀨尾狡猾地回答。我鼓起臉頰抱怨：

「像你這種聰明人最大的缺點就是不會顧慮其他人。因為你沒有惡意，所以更叫人生氣，就像福爾摩斯或白羅一樣。你就是會說著『事情不是很清楚嗎？多用用自己灰色的腦細胞吧，海斯汀』，一邊踢開腳邊小石頭的那種人。」

「何必講得這麼酸……」

瀨尾無奈地喃喃說道。

「那我再告訴妳一件事吧。」

「什麼事？」

「我和真雪的父親也有些交情，我知道他想要爭取的不只是真雪，他對美也子小姐……對麻生小姐也還餘情未了，他雖然想爭奪監護權，卻沒有把事情鬧上法庭，就是因為這樣。此外，這只是我的直覺啦，我覺得麻生小姐其實也是……」

瀨尾的視線飄移著。我回頭一看，那棟銀色建築物正好走出三個人，在昏暗之中看起來就像三條黑影，一個高大壯碩，一個纖細優雅，一個小巧玲瓏。

昏黃的燈光在天臺中央投射出小小的光圈，三條黑影慢慢走入光中，我發現真雪回過頭來。在那黯淡的聚光燈下，女孩看到了我們，露出微微一笑。

她的兩隻小手被母親的手和父親的手分別牢牢地握住。

音箱播放出含有另一種莊嚴感的「螢之光」，其間夾雜著斷斷續續的人聲。

『今天的營業時間將在……已經結束購物了嗎……由衷感謝您的光臨……』

「好啦，我們也該走了。」

瀨尾愉快地說著。

「是啊，這裡已經沒我們的事了。反正世事不是成功就是失敗，照統計學來看，成功機率有五成，四捨五入的話就是百分之百了。」

「妳還真是個樂觀主義者。」

他興致盎然地看著我。

「這樣應該活得比較輕鬆吧，至少活得比悲觀主義者輕鬆。不過我兩種都算不上。」

我輕鬆地回答著。先前那些如老舊絞鍊一樣刺耳的話語、不必要的劍拔弩張，已經被那皮影戲般的景象沖刷一空。

「的確。」瀨尾靜靜地說道。「妳是現實主義者，又是個浪漫主義者。」

「我可以問你一個問題嗎？」

我不知該怎麼回答，於是換了個話題。

「什麼問題？」

「麻生小姐對你而言算是什麼人呢？除了作家和插畫家的關係以外。」

他苦笑著說：

「像我這種水準的還稱不上作家啦……麻生小姐是我姊姊的好朋友，我們認識很久了。」

「……這樣啊。」

我往地上一坐。水泥地面還帶著熱氣，感覺暖洋洋的。瀨尾笑著低頭看我。

「我也有兩個問題要問妳，可以嗎？第一個問題是……」

他停頓了一下，害我緊張得要命。

「……妳考到駕照了嗎？」

我一聽差點摔倒。

「託您的福，這個月初總算是考到了。」

「也就是說妳花了半年？」

他很失禮地屈指數著。

「討厭啦。」我噘起嘴巴。「我是從四月底才開始上課的，考到駕照是九月初，這兩個月不能算進去啦。而且我中間還蹺了一些課……大概只有四……三個半月吧，還在標準範圍內。」

瀨尾聽得笑個不停。

「總之恭喜妳了。」

「多謝您的關心。」

我裝模作樣地鞠躬敬禮。他笑完之後，正色說道：

「另一個問題是關於妳和我的信件……」

「那些信怎麼了？」

坦白說，我到現在還沒真正意識到我是在和瀨尾通信。仔細想想，我似乎寫了很多自己都覺得不好意思的內容。不過對我而言，那些都是無可取代的重要信件。

「……我一直覺得，把那些信改編成小說一定會很有趣，妳不這麼想嗎？」

我睜大了眼睛。

「當然會用共筆的形式。妳覺得如何？」

我好一陣子說不出話，心臟怦怦跳個不停。

「……我太高興了。真的可以嗎？你和我……共筆的書？」
「還不確定能不能出版呢，但我覺得有努力的價值。」
「請務必讓我參與。好棒喔，像是在作夢一樣。」
「妳真的很喜歡書呢。」
「是啊，就像你喜歡星星那樣吧。」
「我也喜歡書啊，我經常看書。」
不知怎地，我突然覺得臉頰發燙。我望向閃爍的霓虹燈，想起了一件事。
「我可以再問你一件事嗎？」
「什麼事？」
「呃，還是算了。」
我扭扭捏捏地低下頭。
「說話幹麼說一半？好了啦，快說吧。」
「沒有啦，不是什麼重要的事。」
「又沒有關係。」
「可是，真的是很無聊的事。就是，那個，關於共筆……」
「嗯。」
瀨尾笑咪咪地附和著。

「……具體來說，版權費要怎麼算呢？」

……光從結果來看，我單純的疑問（很遺憾地）沒有得到回答。瀨尾沿著欄杆滑到地上，克制不住地捧腹大笑。

補述

敬啟者：

別來無恙？

若以《清秀佳人》的方式來表達，今天真是「生命中最美好的一天」，或是「充滿驚喜的一天」。我收到包裹，打開一看，興奮得簡直無法呼吸。我可要說清楚，這絕對不是誇飾喔，我直到現在還是有點呼吸困難。

你也真是過分，哪有共筆作者連自己的書名和書本設計都不知道的啊？無論我怎麼問，你都只回答「等到書印出來就知道了」。

麻生小姐也一樣，我們去祝賀的時候，她什麼都沒有告訴我，所以她說「讓我畫個素描」時，我還渾然不覺地擺起姿勢……這真是太出人意料了。真是的，為什麼我的身邊全是些保密主義者呢？害我一點心理準備都沒有。你應該慶幸我的心臟很有力才是。雖然因為驚喜而死是很理想的死法，但我還是敬謝不敏。

能用麻生小姐的作品做為這本書的封面真是太棒了，我一開始就有這種打算。但問題是那幅畫的模特兒。

我一開始還天真地想著「這張臉挺眼熟的」，仔細一看才發現那竟然是我的臉。我哪裡想像得到自己的臉會在那本書的封面上對我微笑。如此刺激的經歷可不是隨隨便便就能碰上的，這都是你和麻生小姐的功勞。

我終於可以想像你第一次拿到《七個孩子》成書時的感想了。哪天再來好好聊一下這件事吧，現在還不用急。

對了，你覺得那幅畫怎麼樣？畢竟我和家人都沒辦法用客觀的角度去看（我們都覺得畫得很可愛，事實究竟是如何呢？期待你的客觀評價）。

我寫到現在說的都是封面的事，內容卻一個字都沒提到。其實是因為我覺得很不好意思，所以一頁都還沒開始讀。只看了兩三行，我那左低右高的字體就在腦袋裡打轉，害我沒辦法繼續看下去。排列整齊、毫無個性的鉛字反而更讓我害羞，很奇怪吧？

就是因為這樣，我現在還沒辦法跟你談論內容。總之我會一頁一頁地慢慢看，反正羅馬不是一天造成的。

接著來聊書名吧。我又要抱怨了，因為我到今天之前都不知道這本書的書名是什麼。當然，我也承認自己確實太散漫了點。但我對書名沒有任何要抱怨的。

《寫給一萬兩千年後的織女星》

這真是個逸趣橫生的好書名。這句話也帶出了我們之間的小小回憶呢。

曾經有個小女孩寫信給林肯總統，他就是因為這封信才會留起他那出名的大鬍子。如果我們的作品也能成為那樣的一封信，不是很美妙嗎？簡單、質樸、微不足道，寫給一萬兩千年後的織女星的一封信。

好啦，就寫到這裡吧，最後請再容我多說一句。

如你所知，我兩天前過完了生日，然後我發現一件事。
原來二十歲也不差嘛。

入江駒子敬上

又及：
忘了告訴你，最近我又遇到一件有趣的事。
週一早上，我一如往常地去搭電車時……

參考文獻

《北原白秋　人與作品22》（恩田逸夫編著，清水書院。）
《ＮＨＫ銀河宇宙奧德賽　大星夜WATCHING》（ＮＨＫ採訪組編，日本放送出版協會。）

逆思流

七個孩子

（原名：ななつのこ）

作者／加納朋子　　譯者／ＨＡＮＡ　　封面插畫／鄭潔文
發行人／黃鎮隆　　副總經理／陳君平
總編輯／洪琇菁　　國際版權／黃令歡
執行編輯／呂尚燁　　美術編輯／方品舒
企劃宣傳／邱小祐
發行／英屬蓋曼群島商家庭傳媒股份有限公司城邦分公司　尖端出版
台北市中山區民生東路二段一四一號十樓
電話：（〇二）二五〇〇－七六〇〇（代表號）
傳真：（〇二）二五〇〇－一九七九
中彰投以北經銷（含宜花東）／楨彥有限公司
電話：（〇二）八九一九－三三六九
傳真：（〇二）八九一四－五五二四
雲嘉經銷／威信圖書有限公司　嘉義公司
電話：（〇五）二三三－三八五二
傳真：（〇五）二三三－三八六三
南部經銷／威信圖書有限公司　高雄公司
客服專線：〇八〇〇－〇二八－〇二八
電話：（〇七）三七三－〇〇七九
傳真：（〇七）三七三－〇〇八七
香港總經銷／城邦（香港）出版集團有限公司
香港灣仔駱克道１９３號東超商業中心１樓
電話：（八五二）二五〇八－六二三一
傳真：（八五二）二五七八－九三三七
E-mail：hkcite@biznetvigator.com
馬新總經銷／城邦（馬新）出版集團　Cite(M)Sdn.Bhd.
E-mail：Cite@cite.com.my
法律顧問／王子文律師　元禾法律事務所
台北市羅斯福路三段三十七號十五樓
二〇二〇年二月一版一刷

版權所有・翻印必究
■本書若有破損、缺頁請寄回當地出版社更換■

NANATSU NO KO by TOMOKO KANOU
© TOMOKO KANOU 1992
Originally published in Japan in 1992 by Tokyo Sogensha Co., Ltd.
Traditional Chinese translation rights arranged with Tokyo Sogensha Co., Ltd.
through AMANN CO., LTD.

■中文版■

郵購注意事項：
1. 填妥劃撥單資料：帳號：50003021戶名：英屬蓋曼群島商家庭傳媒(股)公司城邦分公司。2. 通信欄內註明訂購書名與冊數。3. 劃撥金額低於500元，請加附掛號郵資50元。如劃撥日起 10～14日，仍未收到書時，請洽劃撥組。劃撥專線TEL：(03) 312-4212 ・ FAX：(03) 322-4621。E-mail：marketing@spp.com.tw

國家圖書館出版品預行編目資料

七個孩子 / 加納朋子著 ;
HANA 譯. --1版. --臺北市：尖端出版, 2020.02
面 ; 公分. --(逆思流)
譯自:ななつのこ
ISBN 978-957-10-8748-1(平裝)

861.57　　108015498